A Cor do Preconceito

A COR DO

Ao Celso, pela participação especial na minha história.
(Carmen)

PRECONCEITO

Textos de
Carmen Lucia Campos *escritora*
Vera Vilhena *historiadora e professora*
Sueli Carneiro *consultora*
Ilustrações de
Robson Araújo

editora ática

A cor do preconceito
© Editora Ática, 2005

Diretor editorial Fernando Paixão
Coordenação editorial Claudia Morales
Editora assistente Angélica Pizzutto Pozzani
Preparadora Marcia Camargo
Estagiária Janaína Taís da Silva
Colaboração Suelaine Carneiro e Maria Odette S. Brancatelli
Coordenadora de revisão Ivany Picasso Batista
Revisora Cátia de Almeida

Arte
Design Victor Burton
Assistentes de design Fernanda Garcia e Ana Paula Brandão
Editora Cintia Maria da Silva
Diagramador Eduardo Rodrigues
Pesquisa iconográfica Sílvio Kligin (coord.) e Caio Mazzili

CIP-BRASIL. CATALOGAÇÃO NA FONTE
SINDICATO NACIONAL DOS EDITORES DE LIVROS, RJ.

C211c

Campos, Carmen Lucia
  A cor do preconceito / Carmen Lucia Campos, Vera Vilhena ; consultora Sueli Carneiro ; ilustrações Robson Araújo. - São Paulo ; Ática, 2007.
  il. - (Jovem Cidadão)

  Contém suplemento de leitura
  ISBN 978-85-08-10937-1

  I. Racismo - Literatura juvenil. 2. Negros - Brasil - Condições sociais - Literatura juvenil. 3. Cidadania - Literatura Juvenil I. Vilhena, Vera. II. Araújo, Robson Alves de. III. Título. IV. Série.

06-1894.   CDD 028.5
                                        CDU 087.5

ISBN 978 85 08 10937-1 (aluno)
ISBN 978 85 08 10938-8 (professor)

CL: 733232
CAE: 212676

2023
2ª edição
10ª impressão
Impressão e acabamento: Bercrom Gráfica e Editora

Todos os direitos reservados pela Editora Ática S.A., 2006
Avenida das Nações Unidas, 7.221 – Pinheiros – CEP 05425-902 – São Paulo – SP
Atendimento ao cliente: Tel.: (0xx11) 4003-3061
www.aticascipione.com.br – atendimento@aticascipione.com.br

IMPORTANTE: Ao comprar um livro, você remunera e reconhece o trabalho do autor e de muitos outros profissionais envolvidos na produção editorial e na comercialização das obras: editores, revisores, diagramadores, ilustradores, gráficos, divulgadores, distribuidores, livreiros, entre outros. Ajude-nos a combater a cópia ilegal! Ela gera desemprego, prejudica a difusão da cultura e encarece os livros que você compra.

Sumário

FICÇÃO

Capítulo 1
Berinjela e Pimentão 7

Capítulo 2
Branca e preta 12

Capítulo 3
Comentário nada a ver 16

Capítulo 4
Dia de branco?! 21

Capítulo 5
Pessoas de cor 25

TEXTO INFORMATIVO
O continente africano 30
Discriminação é crime, sim! 33
Negros e afrodescendentes 33
Beleza pura (música) 34
Educação brasileira 34
Linguagem e preconceito 35
Cabelo: identidade e diversidade 35

FICÇÃO

Capítulo 6

Tocou o sinal 37

Capítulo 7

Um "banquinho" na família 42

Capítulo 8

Preto e pobre 47

Capítulo 9

Nem branco nem preto 52

Capítulo 10

O primeiro aluno da classe não é japonês 57

TEXTO INFORMATIVO

A escravidão e a vinda para o Brasil 62
Raça 65
Rap e movimento hip-hop 65
Cultura afro-brasileira 66
Candomblé e umbanda: religiões afro-brasileiras 69

FICÇÃO

Capítulo 11

Cor não tem nada a ver 71

Capítulo 12

Entre pai e filha 75

Capítulo 13

O poder subiu à cabeça 80

Capítulo 14

13 de maio ou 20 de novembro? 85

Capítulo 15

Racista, eu? 90

TEXTO INFORMATIVO

O abolicionismo e o novo colonialismo africano 96
A resistência negra 98
Números do racismo 99
A imagem do negro na mídia 100
Mãe preta 101
Lavagem cerebral (música) 101

FICÇÃO

Capítulo 16

Peixe fora d'água 103

Capítulo 17

Aprendiz de guerreira 108

Capítulo 18

As aparências enganam 113

Capítulo 19

De volta às origens 118

Capítulo 20

De todas as cores 123

TEXTO INFORMATIVO

A falsa ideia da democracia racial 128
Mulheres negras 130
O negro na escola 131
Apartheid 131
Você já foi alvo de racismo? 132
Vestuário africano 132
Alma não tem cor (música) 133
Crime contra a humanidade 133

Capítulo 1
Berinjela e Pimentão

Parada no ponto, debaixo de um sol quente que a fazia transpirar muito, Mira aguardava o lotação.

"Que saco! O negócio é esperar...", resmungava a garota para si mesma.

Dois sentimentos bem diferentes ocupavam o seu coração naquela manhã de final de novembro. Por um lado, estava feliz, com a sensação de dever cumprido. As aulas tinham acabado havia alguns dias e, ao ver os resultados finais, ela só tinha confirmado o que já sabia: notas altas, muitas delas dez. Resultados bem superiores aos de que ela precisava para passar de ano.

Ao relembrar a cena, tinha até a impressão de ouvir novamente o comentário divertido da turma:

— Mira, nem sei por que você está olhando as notas. É só para humilhar a gente, né?

— Amiga, bem que você podia me emprestar alguns pontinhos. Estou com umas notas baixinhas, fraquinhas...

A garota havia estudado muito o ano todo e tinha valido a pena: agora o nono ano era coisa do passado e já podia se considerar aluna do ensino médio. Mas aluna de que escola?

A falta de resposta para essa pergunta era responsável pelo outro sentimento que Mira experimentava naquele momento. Seus pais não queriam que ela estudasse no Prof. Gastão Rodrigues. Achavam a escola muito barra-pesada. E ela era obrigada a admitir que eles tinham ra-

A Cor do Preconceito

Luís Gonzaga Pinto da Gama (1830-1882), poeta, advogado e jornalista, foi um líder na luta pela abolição da escravatura. Nasceu livre, mas o pai, endividado, vendeu-o ilegalmente como escravo. Sua mãe, Luiza Mahim, teve importante papel na Revolta dos Malês, na Bahia. Inteligente e rebelde, foi uma verdadeira heroína na luta pela abolição.

O **estilo afro** é uma expressão da cultura africana, exercida por meio das artes, do vestuário, de penteados, da culinária e da decoração. Chamamos de afro ao que é originário ou inspirado em modelos típicos da África negra.

zão: toda hora aparecia uma notícia envolvendo drogas, brigas entre gangues rivais e até ameaça a professores.

Provavelmente, ela ia estudar mesmo no **Luís Gama**. Bem mais longe do que o Gastão e com transporte ainda mais difícil. Ia ter de pegar aquele ônibus que demorava uma eternidade e que, quando chegava, estava sempre lotado. Já se via durante os próximos três anos apertada no ônibus cheio, carregando a sua inseparável mochila cheia de livros que pegava na biblioteca, além do material das aulas.

Enquanto Mira se perdia em seus pensamentos, o lotação finalmente chegou e foi aquela loucura habitual: todo mundo querendo entrar e o cobrador enfiando gente e mais gente lá dentro. Mira resolveu esperar o próximo que, por milagre, não demorou muito.

Ajeitou-se no banco da frente. Pegou um livro e começou a ler, apesar da música que, em altíssimo volume, lhe agredia os ouvidos. Tentava se concentrar, mas o calor e o som estridente não permitiam.

De repente, a letra da música chamou a sua atenção:

Quando essa preta começa a tratar do cabelo
É de se olhar
Toda a trama da trança a transa do cabelo
Conchas do mar
Ela manda buscar pra botar no cabelo
Toda minúcia
Toda delícia

Ficou atenta para descobrir o nome da música.

– Acabamos de ouvir "Beleza pura", com Caetano Veloso. Antes ouvimos... – o locutor anunciava a programação, com um entusiasmo nem um pouco natural.

Aquela música fez Mira pensar imediatamente em seus cabelos. Até que ela gostava das trancinhas em **estilo afro**, soltinhas e com aqueles elásticos coloridos que algumas garotas usavam, mas seu sonho mesmo era ter cabelos amaciados, lisos, sedosos, brilhantes. Aquelas tranças agarradas à cabeça que a mãe lhe fazia eram um suplício: desembaraçar, pentear e trançar toda aquela cabeleira demorava uma eternidade e, no final, sempre se sentia de olhos puxados de tanto que os cabelos estavam esticados.

O problema é que, quando o assunto era amaciamento, a mãe vinha sempre com a mesma história:

— É muito caro, filha. O máximo que dá pra pagar é um alisamento com chapinha, daquele mais barato, e isso você não quer. A sua tia Marina usa uns produtos bons, acho que são até importados. O cabelo dela está bonito, mas, se não cuidar, estraga do mesmo jeito. E eu não quero que aconteça com você o que aconteceu comigo. Passei tanta coisa no cabelo pra alisar e deu no que deu: ficou fraco, todo quebrado... Agora é que está melhorando.

Mira não desistia:

"Um dia ainda vou ter o cabelo dos meus sonhos", jurava a si mesma.

O trânsito estava livre naquele horário e ela logo avistou a escola. Desceu do lotação, atravessou a rua e imediatamente percebeu que o sol continuava a toda. Podia sentir o suor escorrer e se irritava ao lembrar que a testa devia estar reluzente. Passou a mão no rosto, mas não adiantava. Já tinham lhe falado que o brilho intenso era coisa da pele. Ela odiava aquilo.

"Ainda bem que vai dar tempo de lavar o rosto antes de falar com o professor Ricardo", consolava-se. "Taí um brilho que eu dispenso", pensava, já entrando na escola.

— Fico parecendo uma berinjela – disse em voz alta para ninguém, já que o saguão estava completamente vazio.

Minutos depois, Mira saía do banheiro com o rosto lavado. Foi para a sala dos professores. Estava fechada.

— O professor Ricardo ainda não chegou – informou uma das poucas serventes que trabalhavam na escola naquele horário.

Mira resolveu, então, sentar-se no murinho para esperá-lo. Colocou a mochila a seu lado. Pensou em pegar o livro para continuar a leitura, mas desistiu. Olhou para o pátio, para a sala da diretora, para a cantina. Já começava a sentir saudades do Cruzinha; afinal, estava ali desde o primeiro ano.

Conhecia cada pichação nos muros, cada centímetro daquela quadra de piso sem cor, onde tinha disputado partidas de basquete inesquecíveis,

A Cor do Preconceito

pelo menos para ela, imaginando ser uma jogadora famosa, titular da seleção brasileira. Foi ali também que uma vez aconteceu a maior confusão, quando uma adversária discutiu com ela no final da partida, ofendendo-a com xingamentos. Se não fosse o juiz e as colegas do time, a encrenca seria pior ainda. Sim, porque insulto ela não aguentava, não.

Dessa vez, quando chegou em casa, o pai percebeu que ela estava chateada, apesar da vitória contra o time mais forte da escola. Então ele quis saber o que tinha acontecido.

Deixando a calma habitual, o pai revelou toda a sua indignação com o ocorrido:

— Como é que é, filha?! A menina chamou você de "negrinha safada" por causa de um lance idiota de disputa de jogo e ninguém fez nada?! Você não fez nada?! Que escola é essa onde as pessoas são ofendidas e fica tudo por isso mesmo?

— Não ficou por isso mesmo. Falei um monte e, se não me seguram, era até capaz de dar uns safanões na menina, só para ela deixar de ser folgada. No final, deu o maior rolo, todo mundo entrou na discussão.

— Mira, partir para a pancadaria não é a solução. Antes de qualquer coisa, você deve lembrar às pessoas que tem um nome...

— Está bem, pai. Falo que meu nome é Miriam, só que todo mundo me chama pelo apelido, Mira, e daí?

— Daí, você lembra às pessoas que discriminação é crime. Elas podem ser processadas por isso, sabia?

— Pai, e você conhece alguém no Brasil que foi preso por ter sido **racista**? Acorda, isso não dá em nada.

Inconformado com o ocorrido, Luís chegou a ir até a escola e pediu à diretora que tomasse providências para que aquilo não se repetisse.

Às vezes, Mira achava difícil discutir com o pai. Para ele, as coisas quase nunca eram tão graves que uma boa conversa não desse jeito.

Naquele momento, resolveu esquecer o episódio passado e pensar no futuro. Se fosse mesmo para o Luís Gama iria encontrar por lá a Cristina, sua melhor amiga, o maluco do Rafa e mais alguns alunos do Cruzinha, mas mesmo a presença dos conhecidos não a animava. O que ela queria mesmo era estudar em um colégio forte, onde pudesse se preparar para entrar em uma boa faculdade.

Racista é aquele que pratica o racismo, ou seja, uma ideologia que crê em raças diferentes para os seres humanos, e os classifica em superiores e inferiores, em função de suas diferentes características físicas ou culturais.

Berinjela e Pimentão

A chegada de uma figura esbaforida, de olhos azuis e pele vermelha, feito pimentão, interrompeu seus pensamentos. Ao se lembrar da comparação feita momentos antes, Mira se divertiu ao imaginar que ali estava uma possível dupla caipira: "Berinjela e Pimentão".

✳✳✳

Capítulo 2
Branca e preta

O professor Ricardo chegou cheio de explicações:
— Oi, Mira. Faz muito tempo que você está aí? Meu pneu furou e tive de trocá-lo debaixo deste solão de rachar... Não sou muito bom nisso e demorou pra caramba.

— Tudo bem, professor. É melhor o senhor tomar uma água antes de a gente começar. O senhor está mais vermelho do que um...

— Do que um o quê?

— Nada, não – Mira, ainda lembrando-se do pimentão, achou melhor não completar a frase.

O afobado professor nem percebeu a cara marota da aluna. Ele havia pedido a ela que passasse na escola. Queria fazer um balanço das aulas de aprofundamento que tinha dado à garota naquele ano.

O homem abria a porta da sala dos professores e se ajeitava com alguns papéis em uma cadeira, enquanto Mira o observava, disfarçadamente.

Ela se sentou diante do professor e um pensamento a invadiu:

"Vou sentir saudades das aulas dele. As melhores que já tive."

Ali estava um apaixonado professor que trouxera vida nova para muitos jovens do Jardim Carolina, levando-os a descobrir o mundo dos livros e, principalmente, o mundo que havia dentro deles. Dedicando-se a estudar em seu curso de pós-graduação a qualidade de ensino oferecido às populações carentes no Brasil, ele considerava fundamental conhecer de perto essa realidade.

Branca e preta

Quando começou a dar aulas naquela escola da periferia de São Paulo, aquele homem de origem alemã e com pouco mais de 30 anos demorou algum tempo para entender as regras daquele mundo tão diferente do seu, mas foi se encantando com o desafio e hoje, se pudesse optar, certamente ficaria apenas com a escola pública. Sentia-se mais útil ali. A questão financeira, no entanto, fazia com que essa decisão fosse só mais um sonho, entre tantos outros. E ele continuava se dividindo entre a escola pública e o colégio particular em que lecionava havia vários anos.

A cada dia, aumentava a motivação do professor Ricardo para trabalhar em um bairro pobre. Talvez fosse mesmo idealista e sonhador, como já lhe haviam dito, mas achava aquela experiência muito rica. Sentia uma resposta bem diferente da que tinha normalmente nos colégios particulares em que lecionara. Ali havia mais garra, mais vontade de aprender. E muita criatividade e sensibilidade esperando apenas para serem despertadas.

Claro que havia aqueles alunos desinteressados, que pareciam conformados com o quase nada que a vida lhes oferecia, ou os rebeldes que achavam inútil lutar contra a corrente:

Chamamos de **periferia** a bairros localizados nos limites de um município. Atualmente, o termo designa regiões onde existem bolsões de pobreza em razão da concentração de pessoas de baixa renda e pouca escolaridade. A periferia é geralmente caracterizada por infraestrutura urbana precária, deficiência ou ausência de serviços públicos.

— Professor, se liga. A gente é da **periferia**, pobre e quase tudo preto. Não adianta insistir, não. A gente não tem a menor chance, mano. Só se ganhar na loteria ou se der bem em algum lance – disse-lhe certa vez um aluno inteligente que ele tentava em vão motivar.

O professor Ricardo queria ajudar a reverter aquele quadro, nem que fosse apenas para alguns jovens. E Mira tinha muito a ver com o entusiasmo dele pelo trabalho no Cruzinha, como chamavam carinhosamente a antiga escola do bairro. Desde o início, percebera nela uma pessoa especial: inteligente, com uma vontade enorme de aprender e crescer.

Um dia, ao saber que ela era frequentadora da modesta biblioteca pública de um bairro próximo, ele lhe propôs algumas aulas de aprofundamento e orientação de estudos, levando-a a ir mais e mais fundo em sua busca de conhecimento. Entusiasmada, Mira contou a novidade aos pais, que quiseram maiores detalhes sobre aquelas aulas de reforço e até deram um jeito de passar na escola e falar pessoalmente com o professor.

Dias depois, o professor deu início às aulas particulares. Ele lhe passava textos, emprestava livros que seriam analisados, debatidos, comparados.

13

A Cor do Preconceito

No começo, outros alunos se juntaram a eles, mas depois ninguém levou aquele compromisso tão a sério como Mira.

No início daquele segundo semestre, durante o intervalo das aulas, Mira procurou o professor Ricardo: estava preocupada com o ensino médio.

– Sabe, professor, ainda não sei onde vou estudar no ano que vem. Minha mãe não quer me matricular no Gastão. Diz que lá não é lugar pra mim. Acho que vou acabar indo para o Luís Gama. Parece que é bem fraco, muda de professor toda hora. O senhor conhece?

– Não, não o conheço, mas vou verificar pra você.

O homem ficou alguns instantes em silêncio e, de repente, pareceu se lembrar de algo:

– Bom, quem sabe a gente consiga arranjar um lugar melhor pra você estudar?!

– Arranjar, como?! – Mira demonstrava ser mais realista do que o professor. – Escola pública, ainda mais de periferia, é tudo igual.

Essa conversa tinha acontecido meses atrás e ali estavam os dois agora, professor e aluna, para falar de passado e presente. Nada sobre o futuro. Pelo menos, era o que Mira pensava.

A garota estranhou que, depois de fazer o balanço daquele ano, o professor começasse a programar os assuntos para o ano seguinte:

– Mas, professor, como vou continuar esse estudo, se não vou ser mais sua aluna?

– É verdade, Mira, talvez você nem seja mais minha aluna, mas nada impede que possamos continuar com essas aulas em outra escola.

A garota estava achando tudo aquilo muito estranho. O professor tinha um ar misterioso, como ela nunca vira antes.

Diante do olhar inquisidor da aluna, o homem resolveu acabar logo com o suspense:

– Mira, sempre lhe falei que faria tudo o que estivesse ao meu alcance para ajudá-la a ir para a faculdade, não é?

– Hum, hum – impaciente, Mira mal conseguia responder.

– Pois é: você não vai estudar no Luís Gama.

– Não vou?! A escola é mesmo tão ruim como me falaram? – quis saber a garota.

– Não sei se é ruim. Sei que tenho coisa bem melhor a lhe oferecer.

Mira nem piscava ouvindo o professor.

– Você sabe que eu dou aulas em um colégio particular, famoso pela qualidade de seu ensino e mais ainda pelo preço altíssimo de suas mensalidades, não? É o Johann Strauss, ou Strauss simplesmente. Bom, todos os professores de lá têm direito a bolsa integral para seus filhos. Aqueles que, como eu, não têm filhos nem sobrinhos, podem indicar um conhecido, desde que se responsabilizem por ele.

Com o coração um tanto disparado e a boca meio seca, Mira acompanhava o relato do professor. Quase nem respirava para não perder uma só palavra dele. Ela não queria se encher de esperanças tolas, mas estava difícil se conter.

E o professor Ricardo continuava:

– Bom, diante de seu ótimo desempenho escolar e da dedicação que demonstrou nestes três anos em que foi minha aluna, resolvi indicar seu nome para a **bolsa de estudos** no Strauss.

Mira ficou muda e seu olhar revelava surpresa. O professor Ricardo, vendo a reação da garota, brincou:

– Calma, menina, não vai ter um ataque do coração. Senão, terei de recomeçar o trabalho para arranjar outro bolsista.

Por longos minutos, Mira ficou paralisada. Estudar num dos melhores colégios da cidade? Era bom demais para ser verdade. Não sabia se ria, chorava, agradecia ao professor ou ia logo para casa contar aos pais a novidade.

Assim que se acalmou, ela ouviu do professor que teria de agendar uma entrevista com a coordenadora, levar os documentos necessários e a carta de apresentação que ele lhe entregou. Era um procedimento de praxe. A direção do Strauss se orgulhava de ter como alunos não apenas jovens estudiosos, mas também pessoas comprometidas com o prestígio da instituição. A cada ano, mais e mais alunos saíam de suas salas direto para as melhores faculdades.

Ainda sem entender muito bem o que estava acontecendo, Mira só conseguiu dizer:

– Puxa, professor, nem sei o que falar. Muito obrigada mesmo!

– De nada – disse o professor, visivelmente emocionado e trocando com Mira um desajeitado aperto de mãos.

Subsídio das despesas referentes ao estudo pago a uma instituição (colégio particular, por exemplo). Em alguns casos, as **bolsas de estudos** são condicionadas ao bom desempenho do aluno. Isso quer dizer que, se o aluno tem um desempenho insuficiente, pode perder a bolsa.

Capítulo 3
Comentário nada a ver

Na volta para casa, Mira nem percebeu se o lotação demorou ou não, ou se o trânsito estava caótico naquele horário. Ainda não acreditava no que tinha ouvido e ensaiava a melhor maneira de dar a notícia aos pais. Pena que ela só os veria à noite.

Já era quase uma hora e Mira estava com fome. Foi para a cozinha, esquentou a comida que a mãe tinha deixado pronta de véspera e almoçou, ainda meio distraída. Nem se lembrou de ligar o rádio, que era sempre a primeira coisa que fazia ao entrar em casa. Adorava ouvir música. Diziam que tinha herdado esse gosto do Vô Pedro, um homem que com mais de 70 anos ainda gostava de dançar e sabia muitas músicas de cor.

Depois de lavar a louça e recolher a roupa seca do varal, Mira foi para o quarto. Aproveitou que o xereta do irmão estava fora – provavelmente na casa de André ou algum outro amigo – e pegou no fundo de uma gaveta do guarda-roupa o caderno que fazia de diário. Entre desenhos em cores fortes, alguns adesivos, frases de autores famosos e recortes sobre seus artistas preferidos e atletas que admirava, Mira registrava ali os momentos importantes de sua vida. Nada muito extenso, poucas palavras, às vezes até em forma de versos.

Comentário nada a ver

Colocou a data na página e escreveu com letras coloridas:

Recebi hoje a melhor notícia da minha vida: vou estudar no Colégio Strauss no ano que vem. Meu coração parece que vai explodir de alegria. Tenho de passar por uma entrevista ainda, mas sei que tudo vai dar certo, se Deus quiser. Não dá para acreditar... Deve ser um sonho!

Durante o jantar daquela noite, Mira era pura ansiedade: os pais e o irmão demoravam uma eternidade para comer e tinham muito mais do que de costume para contar e comentar.

Quando Luís ameaçou falar da prometida greve do metrô para dali uns dias, ela resolveu interromper. Sabia que o passado de **sindicalista** do pai voltava com tudo nessas horas e ele se entusiasmava em seus longos discursos.

– Família, deixa eu falar uma coisa – pediu afobadamente. – Tenho uma novidade incrível.

E, diante dos olhares curiosos dos três, Mira falou da conversa com o professor Ricardo e de sua futura ida para o Strauss.

Enquanto o pai vibrava com a notícia, Marcos começou a batucar na mesa, soltando alguns gritos estridentes, numa sonora demonstração de entusiasmo pela novidade da irmã. Sônia quis logo esclarecer:

– Mas, filha, você vai estudar nesse colégio chique sem pagar nada?! E os livros? A gente não vai poder comprar...

– Mãe, o professor explicou que a bolsa é integral. Sem custo nenhum.

– Bom, gente, isso merece um brinde – e falando isso, Luís encheu os copos com limonada e comandou os votos de boa sorte para a filha, em meio a muita folia.

Mira ligou para o Strauss no dia seguinte e sua entrevista foi marcada para a outra semana. Como seus pais queriam maiores detalhes sobre a bolsa, ela telefonou também para o professor Ricardo, que combinou de passar na casa dela no sábado à tarde.

Ao receber o professor, os pais de Mira agradeceram a atenção e, quando Sônia começou a falar do enorme presente que ele tinha dado à sua filha, o homem a interrompeu:

Sindicalista é a pessoa filiada a um sindicato de uma categoria profissional, ou seja, uma associação que defende os interesses e luta por direitos trabalhistas. A organização sindical hoje existente no Brasil surgiu na década de 1930, durante a Era Vargas (1930-1945).

A Cor do Preconceito

— Dona Sônia, presente nenhum. Mira fez por merecer.

E, depois de alguns momentos de silêncio, completou de forma um tanto enigmática:

— Só estou devolvendo o que deram aos meus.

Ante o olhar de interrogação de todos, mudou de assunto:

— Bom, queria lembrá-los de que é importante o apoio de vocês nessa nova fase que começa para a Mira.

E continuou falando da tradição e da qualidade do ensino do Strauss e do bom desempenho que seria cobrado de Mira, do qual ela daria conta e bem, tinha certeza.

Os dias seguintes foram de muita expectativa para Mira. Andava nervosa. Morria de medo de se atrapalhar na entrevista, estragar tudo.

— Tudo vai dar certo, claro que vai — resmungava de vez em quando em voz alta, como se falasse com alguém.

Sônia e Luís bem que gostariam de acompanhar a filha na entrevista, mas não podiam perder um dia de serviço nem trabalhar apenas à tarde.

Mira acordou cedo naquela manhã com medo de chegar atrasada ao Strauss. Para não incomodar Marcos, que dormia na parte de baixo do beliche, pegou a roupa que ia usar e saiu rapidamente do quarto. Tomou banho, pôs a calça *jeans* e a camiseta amarela, presente da avó Clara no seu aniversário. Olhou-se no espelho e checou o cabelo. Estava na hora de mudar de penteado: aquelas tranças, definitivamente, a deixavam com cara de criança.

Em seguida, foi até a cozinha e engoliu o café com leite e duas bolachas. Poucos minutos depois, ao fechar o portão de casa, lembrou-se com carinho dos votos de boa sorte dos pais na noite anterior. Naquela hora eles estavam a caminho do trabalho.

— Muito gente boa, esses meus pais, não? — perguntou Mira carinhosamente para Filó, a bruxinha de cabelos roxos, sua mascote que vivia agarrada na alça da mochila.

Não foi difícil chegar ao Strauss, pois o professor Ricardo havia explicado direitinho. Mira logo se impressionou com o casarão bem cuidado, rodeado de muitas árvores.

O porteiro indicou onde era a sala da professora Margô, que a esperava. Tentando aparentar uma segurança que não sentia, Mira percorreu o corredor observando as salas. Algumas estavam abertas e ela pôde notar o quanto eram diferentes das castigadas salas de aula do Cruzinha.

Mira foi recebida por uma mulher elegante, ainda jovem, e com um jeito que lhe pareceu meio severo. Com ar surpreso, a mulher não conseguiu esconder o espanto quando ela se apresentou:

— Ah, você que é a afilhada do professor Ricardo? Eu esperava outra pessoa... quer dizer, achei que você fosse da família dele.

— Não, sou aluna dele desde o sétimo ano — explicou Mira, meio encabulada.

— Ah, sim. Agora me lembro do caso. Desculpe. É que fui pega de surpresa para entrevistá-la. A professora Sandra, coordenadora titular do colégio, está de licença e me passou a incumbência de receber os novos alunos.

A Cor do Preconceito

Entidade dos cultos afro-brasileiros, **Iemanjá** é identificada como "rainha do mar", entidade ligada às águas e à fertilidade. No Brasil, é associada mais particularmente às águas do mar, onde os devotos lhe fazem oferendas em datas especiais, como na passagem do Ano-Novo.

A herança africana na cultura brasileira está presente em nosso vocabulário. A palavra "**moleque**", por exemplo, é originária do quimbundo (língua da família banta, falada em Angola), sendo usada para se referir a um garoto ou a um filho pequeno de uma família. A expressão "moleque" era usada no Brasil para designar um escravo adolescente.

Depois de um silêncio um tanto incômodo, a mulher pegou os documentos e começou o interrogatório: elogiou seu histórico escolar, perguntou detalhes sobre sua família, falou da recomendação favorável feita pelo professor Ricardo, sondou sua determinação em honrar a tradição do Strauss.

No começo, Mira estava um pouco apreensiva, meio gaguejante, mas aos poucos foi se sentindo mais à vontade para responder às perguntas. Quando a entrevista acabou, a garota já estava bem mais segura e até a professora lhe parecia mais simpática.

Foram até a sala dos professores falar com o professor Ricardo. Ele apresentou a aluna a alguns de seus colegas que estavam por lá. Mira saiu do Strauss mais confiante e mais confiante ficou dias depois, quando foi oficialmente aceita no colégio.

Depois do Natal, passado na casa de seus avós, como sempre, e muito animado, como sempre, Mira viu a chegada do Ano-Novo em casa, junto com os pais, o irmão e alguns amigos da família. Naquele ano não iria à praia levar flores para **Iemanjá** com os avós. O dinheiro andava curto.

Ao ouvir mais uma das inúmeras explicações que a irmã dava à mãe sobre o quanto teria de estudar no Strauss para não fazer feio, Marcos brincou:

— Mira, pelo jeito desse novo colégio, você vai ter de estudar mais do que estuda, senão vai virar a ovelha negra de lá.

— Que comentário nada a ver, **moleque**. Se não tem o que falar, fica quieto e não repete que nem bobo essas besteiras!

Sônia apressou-se em acalmar os ânimos dos filhos, já que a discussão prometia ir longe.

✳✳✳

Capítulo 4
Dia de branco?!

Já eram quase onze horas da noite de um domingo que fora bem agitado, e por mais que tentasse Mira não conseguia dormir. Se alguém a observasse imóvel lá no alto do beliche, cabeça coberta pelo lençol, apesar do calor de fevereiro, não imaginaria a sua insônia.

Ficar imóvel era apenas parte da estratégia para que Marcos, que se agitava na cama de baixo, não percebesse suas inquietações e começasse a irritá-la com um monte de perguntas.

Ele ficara vendo televisão até poucos minutos antes e não tinha a menor pressa para se ajeitar na cama e apagar a luz. Afinal, as aulas dele só iam começar na semana seguinte.

Mira não se conformava.

"Bom, não sei o que estou estranhando", a garota se perdia em seus pensamentos, já que o sono teimava em não chegar. "É no que dá ter de dividir o quarto com irmão e criança ainda por cima. Ah, como eu queria ter um quarto só pra mim!"

Quando era menor, achava que com 12 anos, no máximo, já teria o seu próprio quarto. O pai falava disso com tanta convicção, principalmente depois das brigas dela com o irmão por causa do quarto, que ela acreditava que logo tudo aquilo seria realidade. Mas agora, com quase 15 anos, não tinha mais ilusão: sabia que ia demorar muito para aquilo acontecer. Não ia ser fácil aumentar a casa, não. Ainda se a mãe tivesse um bom salário e pudesse ajudar mais nas despesas, mas ela tinha começado a trabalhar no hospital fazia poucos meses, depois de ficar mais de ano desempregada. E o dinheiro dava só para o essencial.

Marcos finalmente se ajeitou na cama, mas, antes de apagar a luz, chamou a irmã:

– Mira! Mira! Você está acordada?

Depois de alguns instantes, a garota resolveu responder:

– Que foi, moleque? Preciso dormir.

– Só pra te desejar boa sorte amanhã. Vai dar tudo certo. Não precisa se preocupar. Você é inteligente pra caramba, meu!

Por essa ela não esperava. Emocionada, ainda tentou disfarçar:

– Obrigada, cara. Sabe, às vezes você até que é bem legal. Já te falei que você é o meu irmão único predileto? E vê se apaga logo essa luz e dorme.

Mira sabia que a intenção do irmão era boa, mas o que ele tinha de lembrar do que a esperava naquela segunda? Será que ele notara alguma coisa? Se ele que era tão desligado tinha percebido, o pai e a mãe, então, já sabiam provavelmente de tudo. Vai ver até que a visita dos avós naquele domingo não tinha sido tão sem querer assim...

A garota começou a desconfiar de que, no fundo, todos estavam apreensivos por ela e queriam lhe dar uma força. Virou-se na cama e procurou não pensar mais no que a aguardava dali a algumas horas. Ia ser uma experiência e tanto para uma menina como ela: de repente ir estudar em um colégio particular, com ótimos professores, computador à disposição, uma biblioteca enorme e até teatro, como ela tinha visto no dia da matrícula. Os alunos do Strauss deviam ser bem diferentes dela e de seus amigos.

"Tomara que não sejam metidos", desejou, sem muita esperança.

Mira estava feliz porque ia para um colégio forte, onde poderia aprender de verdade. Apesar de gostar muito do Cruzinha, tinha de reconhecer que, mesmo com o esforço de algumas pessoas mais dedicadas, como o professor Ricardo, era uma escola bem fraca. Se não fossem as aulas de aprofundamento e suas constantes idas à biblioteca do Jardim Quirino, onde ela tinha livros à disposição e podia navegar na *internet*, estaria terminando o nono ano sem ter ouvido falar de vários assuntos. Muitas vezes ia a pé até a biblioteca, ou porque os ônibus demoravam

Dia de branco?!

muito ou porque não aceitavam a carteirinha de estudante nas férias. Era uma boa caminhada, mas tinha valido a pena. Hoje se sentia mais preparada para enfrentar o ensino médio.

Estava empolgada com aquela mudança de escola e – por que não admitir? – até um pouco vaidosa por ter ganho uma bolsa para um ótimo colégio. Não fosse o professor Ricardo e a sua história não teria dado aquela reviravolta, Mira sabia bem disso. Só que ela também sabia que se não fosse boa aluna e não tivesse seus próprios méritos, nada daquilo teria acontecido.

O som compassado do relógio pareceu mais irritante do que nunca. Então ela se virou novamente de lado e pressionou o travesseiro nas orelhas, decidida a dormir. Já era tarde. De repente, lembrou-se de uma frase que o avô gostava de usar, em tom de gozação, só para provocar a mulher quando as reuniões familiares se estendiam nas noites de domingo:

– Pessoal, o papo está bom, mas amanhã é dia de branco, como se dizia no meu tempo: dia de trabalho.

– Então devia ser dia de preto – emendava a avó Clara. – Quem sempre deu duro, trabalhou pesado, pelo que sei, foram os negros. E você aí, velho, não devia ficar repetindo essas bobagens!

A lembrança dos avós fez Mira pensar com carinho na família: gente pobre, simples e muito batalhadora. Era bonito ver que, mesmo nos momentos de grandes dificuldades, ninguém se entregava e um buscava apoiar o outro.

– Está no sangue, minha filha – explicava seu avô Pedro, orgulhoso. – Quem comeu e continua comendo o pão que o diabo amassou, como a gente de nossa cor, teve de ficar mais forte e unido para não quebrar.

E encerrava a frase com a sua inconfundível risada.

Mira recordou-se em seguida da reação da turma do bairro quando falou sobre o Strauss. A vibração foi geral e votos de boa sorte se misturavam aos comentários cheios de carinho:

– Mira, tenho o maior orgulho de você – dizia Cristina, sua melhor amiga. – A gente se conhece há séculos, não é? E eu nunca duvidei de que você ia brilhar muito na vida.

– O Cruzinha não era mesmo pra você. Vai lá e mostra para aqueles **burguesinhos** que na periferia também tem gente boa, e até muito me-

---

Atualmente usado para designar a pessoa que tem dinheiro e, em algumas circunstâncias, com sentido pejorativo. Em sua origem, **burguês** era o nome dado a todo habitante da cidade, na Europa medieval; depois, passou a indicar apenas os ricos comerciantes e banqueiros.

A Cor do Preconceito

lhor do que eles – incentivou o Rafa.

Mira sabia que estava indo para uma escola muito boa, mas também muito exigente. Não dizia nada a ninguém, mas, no fundo, o temor do fracasso às vezes a atingia. Ela sempre tivera ótimas notas, mas será que em um colégio realmente forte ela continuaria sendo uma boa aluna ou descobriria que só se destacava em uma escola fraquinha? Ela não queria decepcionar as pessoas que tanto acreditavam nela. Principalmente a avó Clara, sua madrinha querida, que lhe disse coisas tão bonitas para lhe desejar sucesso no Strauss. "A escola dos riquinhos", como ela definiu.

De repente uma dúvida surgiu em sua cabeça:

"A avó disse riquinhos ou branquinhos? E, bem lembrado, será que tem alunos negros por lá?"

Capítulo 5
Pessoas de cor

Pelo jeito, não era só Mira quem tinha dificuldades para dormir naquela noite.

Sônia parecia estar adiando ao máximo a ida para a cama, com a desculpa de guardar a louça do jantar que já estava seca, botar o lixo na rua, separar o uniforme para a manhã seguinte, checar mais uma vez se a roupa da filha estava bem passadinha para o grande dia.

Quando ela finalmente entrou no quarto, o marido, que tinha cansado de pedir para ela que deixasse tudo de lado e viesse se deitar, já estava dormindo. Sônia se ajeitou com cuidado ao lado dele para não despertá-lo.

Só que Luís apenas fingia dormir. Estava mesmo era perdido em seus pensamentos. Quem diria que Mira ia chegar tão longe? Quando ele, um homem quase sem estudo, um simples assistente de manutenção, poderia imaginar que a filha fosse parar em um colégio de bacanas? Mas também a sua menina merecia. Era tão inteligente e dedicada! O orgulho da família.

"Ela vai ser tudo aquilo que eu e a mãe não pudemos ser, se Deus quiser. Vai estudar, virar doutora, ser rica e respeitada. Não vai ter de passar pelas humilhações que a gente já passou na vida", Luís sonhava cheio de esperanças.

Nesse momento ele engoliu em seco, lembrando-se daquela vez em que o doutor Maurício lhe oferecera um bico em seu apartamento:

— Ô, Negão, você não quer aparecer lá em casa qualquer dia desses para dar uma geral na parte elétrica? A tomada da cozinha está com defeito,

A Cor do Preconceito

Termo pejorativo – e portanto ofensivo – usado para designar o negro. Originalmente, eram chamados de **crioulos** os negros nascidos escravos nas colônias sul-americanas.

o interruptor do banheiro só funciona quando quer... Uma droga! A mulher inventou de comprar lustres novos para a casa e está me enchendo para instalar. Eu não tenho tempo, nem jeito pra coisa. Aproveita um sábado e vai lá, depois te dou uns trocados para a branquinha.

— Ih, doutor, eu não bebo, não.

— Pra cima de mim, Negão? Onde já se viu **crioulo** que não gosta de umas pingas ou pelo menos da cervejinha?

— Olha, pra dizer a verdade, eu só tomo um chopinho de vez em quando com a rapaziada.

— Tá bom. Vou fingir que eu acredito.

Luís ficou chateado com o chefe, mas achou melhor não responder. Era novo na empresa e vai que o homem resolvesse engrossar para o lado dele.

No dia em que foi ao apartamento do chefe, Luís procurou vestir uma roupa melhor porque sabia que o lugar era chique. Pôs algumas ferramentas na mochila nova. Na chegada já se sentiu um pouco intimidado pelo mármore da fachada e mais ainda pelo tom arrogante do homem que o interrogou:

— Quer falar com quem, chefia?

— Com o doutor Maurício, do 35 – tentou demonstrar segurança.

O porteiro acionou o interfone, confirmando que Luís era esperado. Então abriu o portão e pediu que esperasse um pouco, pois falava com alguém no telefone.

Depois, voltando-se para ele, olhou-o com cara de poucos amigos, anotou o número de seu RG e indicou com voz nem um pouco gentil:

— No fundo, à esquerda.

Luís se dirigiu até lá. Viu-se de repente diante de uma porta escura onde se lia: **elevador de serviço**.

Por momentos, ficou sem ação. Depois, teve vontade de voltar à portaria e dizer ao homem que ia denunciá-lo por racismo. Não sabia bem a quem, mas não ia deixar aquilo barato. Ao mesmo tempo, temeu ouvir do homem que eram ordens do doutor Maurício. Deu a volta e tomou o elevador social.

Foi recebido com cordialidade pelo chefe, mas não via a hora de terminar o trabalho e se ver longe dali.

Na saída, ainda notou o olhar contrariado do porteiro quando viu que ele não descia pelo elevador de serviço.

Distinção feita em muitos prédios para diferenciar elevadores que devem ser utilizados por empregados ou para o transporte de cargas ("**elevador de serviço**") daquele chamado de "elevador social", que seria destinado aos moradores e visitantes. No Brasil, essa distinção revela discriminação social, mas hoje existem leis proibindo qualquer forma de discriminação no acesso aos elevadores.

– Algum problema? – quis saber, mas não obteve resposta.

– Mira não vai passar por isso. – Luís deixou escapar a frase que mais soava como um desejo do que uma certeza.

– Que foi, homem? Tá sonhando? – Sônia perguntou cutucando de leve o marido.

– Mesmo se estivesse, você teria me acordado, né, mulher? Eu te conheço, Sônia. Você está preocupada com a menina...

– Claro que estou. Ah, como eu queria ir com ela amanhã, mas a chefe me mata se eu chegar atrasada mais uma vez. Ela não entende que a condução por aqui está cada dia pior. Sabe o que tenho de ouvir?

– O quê?

– Levanta mais cedo que dá para chegar na hora! – Sônia imitava a voz da chefe.

A Cor do Preconceito

— Mulher, não ia adiantar nada você ir com a Mira amanhã...

— Eu ia me sentir melhor e ela também. Pensa que eu não sei que ela está preocupada?

— Você se lembra do que o professor Ricardo disse pra gente: que ela tem condições de acompanhar os alunos de lá, de igual para igual?

Sônia soltou um longo suspiro e confessou:

— Sabe, na verdade, não me preocupo muito com as aulas, com as notas dela. Ela estuda muito que eu sei e é inteligente como ela só. O que me preocupa mesmo são os colegas, os professores...

— Por quê, mulher?

— Sei lá, gente rica, metida a besta... Sei lá se eles não são racistas e não vão dizer qualquer bobagem para a Mira.

— Sônia, tem gente boa e ruim no meio dos ricos e dos pobres, dos brancos e dos negros — disse Luís, tendo novamente na memória o rosto arrogante do porteiro.

— Bom, vou rezar para Deus proteger a nossa menina. E vamos dormir que já é tarde.

Sônia virou-se para o lado e, de repente, surgiu na sua memória a imagem de uma menininha sorridente como Mira. Uma garota desinibida que era sempre a primeira a levantar o braço quando o assunto era encenar uma peça de teatro. Adorava aquele mundo mágico de ser por alguns momentos outra pessoa, viver em outras terras. Dizia que quando crescesse ia ser atriz, ser famosa e ganhar muito dinheiro.

Mas aquela garotinha, com o passar do tempo, deixou de sorrir com tanta facilidade e até se tornou uma pessoa meio seca. Sônia se lembrava bem do dia em que o sorriso fácil se transformou em um festival de lágrimas.

A montagem seria de um **conto de fadas** e a menininha se ofereceu para representar o papel que sempre sonhara viver: o da princesa. A reação dos colegas foi de espanto e até alguns risinhos maldosos escaparam.

Sem entender bem o que estava acontecendo, ela ouviu, sem querer, o cochicho de dois coleguinhas:

— Preta desse jeito, só se for princesa torrada e não encantada.

Aí não deu para segurar: chorou como nunca. E como foram doídas aquelas lágrimas!

Narrativas infantis sobre encantamentos e fatos maravilhosos que acontecem sempre a partir da intervenção de fadas. Os **contos de fada** se originaram na Europa e chegaram à América por meio dos colonizadores brancos.

A professora tentou salvar a situação, distribuindo broncas e comentários sobre o dever de se respeitar as pessoas.

— Somos todos iguais. As pessoas de cor não têm culpa da cor que têm.

Desastre total. A menina chorou ainda mais. A professora só reforçava a inferioridade que os coleguinhas lhe atribuíam por causa de sua cor. Aquele episódio doído estava gravado bem no fundo da memória e muitas vezes renascia com toda força, como agora, quando a menininha frágil de ontem, transformada na mãe dedicada de hoje, se preocupava com a filha.

— Ei, Sônia! Dormiu?

— Quase — respondeu a mulher saindo de seus pensamentos.

— Estava aqui pensando: precisamos confiar mais na Mira. Ela tem a gente para conversar, para desabafar. Posso não ter muita instrução, mas de uma coisa eu me orgulho: minha família é meu maior tesouro e por ela faço qualquer coisa. Se alguém ofender a Mira, a gente faz o maior escarcéu. Não vamos engolir humilhação, não. E sendo filha da dona Sônia, que nunca vi levar desaforo para casa, principalmente quando o assunto é a cor da pele, aposto que a Mira sabe se defender muito bem. Lembra aquela briga no jogo de basquete lá no Cruzinha?

— Está bom, homem — disse Sônia, ainda sem muita convicção. — Agora vamos dormir que logo amanhece e a gente nem pregou o olho.

Em poucos minutos, apenas o barulho do relógio e um latido ou outro mais distante embalavam aquela noite cheia de expectativas para Mira e sua família.

✳✳✳

O CONTINENTE AFRICANO

PINTURA RUPESTRE ENCONTRADA NO PLANALTO DO TASSILI, REGIÃO DA ARGÉLIA QUE FAZ FRONTEIRA COM NÍGER E A LÍBIA.

Mira e sua família, personagens desta história, vivenciam uma problemática que, no Brasil, liga-se à escravidão dos povos africanos. Conhecer um pouco da história desses povos e sua contribuição para a formação da sociedade em que vivemos nos fará entender a origem do povo brasileiro, sua diversidade e originalidade.

Para muitas pessoas, a palavra **África** é sinônimo de fome, miséria, doenças, guerras, safáris e animais exóticos. Mas será que é isso mesmo?

Nosso desconhecimento sobre esse continente é enorme e tem suas raízes na história que aprendemos ao longo de vários anos, sempre transmitida a partir do ponto de vista dos historiadores europeus.

Mesmo sendo o segundo maior continente do globo (inferior apenas à Ásia), muitas vezes a África é estudada como se fosse um único bloco e não um continente que abriga mais de 50 países independentes. Berço da humanidade, foi no **continente africano** que surgiram os primeiros vestígios dos antepassados mais antigos do homem e de lá partiram as primeiras migrações que povoaram outros continentes.

Na paisagem natural do continente africano destacam-se vários rios importantes – como Nilo, Volta, Níger, Gâmbia, Congo, Cuanza, Limpopo e Zambeze – e a grande faixa do deserto do Saara, que divide o continente ao meio. A caça, a pesca, a criação de animais e a agricultura em terras férteis nas margens desses rios foram os principais meios de sobrevivência do povo africano durante séculos e, em muitos lugares, persistem ainda hoje como principal atividade.

Uma grande **diversidade étnica e cultural** caracteriza o continente africano, o que se deve, dentre outros fatores, às formas de organização dos povos que ali se fixaram ao longo dos séculos. Os africanos organizavam-se em clãs (grupos baseados nos laços familiares), vivendo em aldeias ou cidades independentes. Também formavam reinos e impérios, como Mali, Gana, Benin, Songai, Monomotapa, Congo, Angola, Fon e Ioruba, dentre outros.

No início do século II, um texto antigo mencionava três grandes impérios no mundo: o Romano, o Persa e o de Axum, na Etiópia atual, cuja riqueza estava na agricultura e no comércio. Romanos e asiáticos iam lá buscar mirra, incenso, marfim, cascos de tartaruga, ouro e escravos. O **Império de Axum** tornou-se cristão e, após sua crise, sobreviveu como **Reino da Etiópia**.

Além da famosa civilização desenvolvida no Egito, no nordeste do continente, é preciso destacar a Nok, na Nigéria. O **povo Nok** conhecia a agricultura e a metalurgia, e desenvolvia o artesanato em madeira, influenciando outras culturas na região.

Alguns Estados organizados são conhecidos desde o século IV, destacando-se o **Reino de Gana**, conhecido como a *Terra do Ouro*, que, poderoso por mil anos, tornou-se um império. Nas proximidades do Golfo da Guiné, existiam ruas demarcadas e arborizadas, regiões específicas de cultivo e produção de tecidos tingidos pelos próprios habitantes.

O **Império do Mali**, na África Ocidental, também possuía minas de ouro, desenvolvia um bom comércio com o norte do continente e atingiu o auge com Mansa (chefe) Musa no século XIV.

Outros reinos tiveram relações com o exterior, como o do **Congo**; ou desenvolveram o comércio e um sistema próprio para pesar o ouro em pó, como o **Império Ashanti**; ou mantiveram disputas entre si como **Lunda e Luba**, na África Oriental e Central.

Enquanto alguns povos formavam impérios na parte ocidental do continente, outros migravam para diferentes regiões. Os **bantos**, por exemplo, mudaram das florestas da África Central para a costa oriental, por volta do ano 400. Passaram a comercializar com a Arábia, a Pérsia e a Índia, estabelecendo, portanto, relações com a Ásia.

Desenvolveu-se, no sudoeste da atual Nigéria, a civilização **Ioruba**. Suas cidades eram grandes centros de artesanato. Na região próxima, nasceu o **reino de Benin**, cujas ci-

PLACA DE METAL RETRATANDO O CHEFE DO REINO DE BENIN COM SEUS MÚSICOS E SOLDADOS.

dades e estradas foram admiradas por vários povos.

Os diferentes povos do continente comunicavam-se entre si. Alguns habitantes do norte viajavam para o sul para vender suas mercadorias para os povos da África Ocidental, atravessando o deserto do Saara – era o **comércio transaariano**. Além da troca de mercadorias, esse comércio representava também um importante intercâmbio cultural, pois com ele se expandiu pelo continente africano a religião muçulmana, surgida na Arábia no século VII.

Também chamada de **islamismo**, essa religião baseia-se na crença em um só deus (monoteísmo) e seus princípios estão no Corão, seu livro sagrado. Muitos povos politeístas converteram-se ao islamismo, aprendendo a língua árabe, usada hoje em quase todo o continente.

Durante o século X, mercadores árabes estabeleceram-se no litoral africano, aprenderam as línguas locais e tornaram-se intermediários no comércio entre africanos do interior e povos asiáticos. Muitos se casaram com mulheres africanas e, ao longo do tempo, desenvolveu-se a língua **suaíli**, combinando a base da língua banto com muitas palavras árabes. O suaíli é ainda falado na África Oriental.

Desde o século XI, estudiosos árabes escreviam sobre os povos africanos, o que contribuiu para difundir a fama de seus reinos e a cobiça por suas riquezas. Sobre o reino de Gana, um desses árabes escreveu: *"uma terra onde o ouro cresce como uma planta na areia, as-*

UM *GRIOT* SOPRA O CHIFRE DE ELEFANTE EM CERIMÔNIA ANUAL DE AGRADECIMENTO AOS DEUSES DE SEUS ANCESTRAIS.

sim como as cenouras, e é colhido ao pôr do sol".

A **oralidade**, ato de transmitir as tradições e os costumes do povo por meio da fala, é uma das mais marcantes características das culturas africanas. Os **griots**, contadores de histórias, transmitiam a memória oral das tribos. Porém, isso não significava o desconhecimento da escrita por todos os povos.

A partir do século XV, portugueses e outros europeus, como holandeses e ingleses, passaram a construir feitorias (armazéns fortificados) no litoral e a negociar com os africanos. Raramente aventuravam-se para o interior do continente. Somente no final do século XVIII exploradores, comerciantes e missionários começaram a adentrar o chamado "continente negro", por motivos variados, escrevendo relatos de viagem.

Toda **riqueza cultural** dos africanos deve ser analisada e estudada, mas sem ser classificada como superior ou inferior, boa ou má, melhor ou pior. É tempo de abandonar o etnocentrismo que orientava os estudos sobre os povos não europeus, tão comum nos relatos antigos. É tempo de apreciar as marcas tribais que os africanos carregam em seus corpos como símbolo de sua identidade cultural e não como marca de uma suposta e equivocada inferioridade.

DISCRIMINAÇÃO É CRIME, SIM!

Segundo a Constituição Federal de 1988, todos são iguais perante a lei, sem distinção de qualquer natureza. Racismo é **crime inafiançável** e **imprescritível** (art. 5º, inciso XLII), ou seja, não permite o pagamento de um valor para que o acusado possa defender-se em liberdade e não tem limite de tempo para a punição. Uma lei complementar definiu a punição aos crimes resultantes de prática, indução ou incitamento à discriminação ou ao preconceito de raça, cor, etnia, religião e procedência nacional.

São comuns os casos citados na imprensa. Em abril de 2005, por exemplo, Ednaldo Batista Libânio, conhecido como Grafite (porque era grafiteiro), negro, jogador de futebol, foi vítima de um episódio de racismo que rendeu debates dentro e fora do Brasil. Um delegado, que assistia ao jogo no momento em que o jogador foi ofendido por um zagueiro do time oponente, deteve o agressor após o final da partida. O jogador argentino Desábato foi preso e indiciado pelo crime de injúria qualificada por preconceito.

Mas, infelizmente, o incidente não coibiu outros episódios de racismo no próprio gramado: na partida seguinte, antes do jogo em que Grafite defenderia a seleção brasileira em um estádio em São Paulo, foi atirada no gramado uma banana com os dizeres "Grafite – macaco".

BANANA ATIRADA EM CAMPO, MAIS UMA AMOSTRA DE PRECONCEITO.

NEGROS E AFRODESCENDENTES

Atualmente, o IBGE – Instituto Brasileiro de Geografia e Estatística –, órgão responsável pelos levantamentos censitários no Brasil, classifica a população brasileira em cinco categorias: branco, preto, pardo, amarelo e indígena. De acordo com o IBGE, **negro** é uma categoria que engloba as pessoas que se autodeclaram **pretas** ou **pardas**. Isso se deve ao fato de esses dois segmentos apresentarem características semelhantes em termos dos seus indicadores socioeconômicos (renda, índice de escolaridade, expectativa de vida etc.) e também por compartilharem características físicas assemelhadas.

Em razão do questionamento de muitos setores da sociedade, entretanto, de que não era possível saber quem era negro ou não por causa da miscigenação que ocorre no Brasil, passou-se também a empregar o termo **afrodescendente** ou **afro-brasileiro** para se referir aos negros de pele escura e também aos seus descendentes de pele mais clara, frutos de relações inter-raciais. O termo *afro* evoca a origem comum africana.

A partir dos critérios definidos pelo IBGE, os negros constituem 44,6% da população brasileira, num total de aproximadamente 75 milhões de pessoas. Presentes em todos os estados brasileiros, os negros sempre se encontram em situação de desvantagem social quando comparados às pessoas brancas. Tais desigualdades são atribuídas à experiência histórica do negro no Brasil, herança do passado escravista, e à persistência de práticas contemporâneas de discriminação que excluem essas pessoas das melhores oportunidades na sociedade.

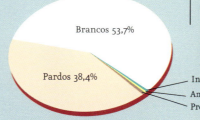

O GRÁFICO MOSTRA A DISTRIBUIÇÃO DA POPULAÇÃO BRASILEIRA, SEGUNDO O IBGE (DADOS DE 2002).

Brancos 53,7%
Pardos 38,4%
Indígenas 0,4%
Amarelos 0,4%
Pretos 6,2%

BELEZA PURA

"Não me amarra dinheiro não
Mas formosura
Dinheiro não
A pele escura
Dinheiro não
A carne dura
Dinheiro não

Moça preta do Curuzu
Beleza pura
Federação
Beleza pura
Boca do rio
Beleza pura
Dinheiro não

Quando essa preta começa a tratar do cabelo
É de se olhar
Toda a trama da trança
A transa do cabelo
Conchas do mar
Ela manda buscar pra botar no cabelo
Toda minúcia
Toda delícia

Não me amarra dinheiro não
Mas elegância
Não me amarra dinheiro não
Mas a cultura
Dinheiro não
A pele escura
Dinheiro não
A carne dura
Dinheiro não
Moço lindo do Badauê
Beleza pura
Do Ilê Aiyê
Beleza pura
Dinheiro yeah
Beleza pura
Dinheiro não

Não me amarra dinheiro não
Dentro daquele turbante dos
Filhos de Gandhi
É o que há
Tudo é chique demais
Tudo é muito elegante
Manda botar
Fina palha da costa e que tudo se trance
Todos os búzios
Todos os ócios

Não me amarra dinheiro não
Mas os mistérios"

(Música de Caetano Veloso, no disco *Cinema Transcendental*, 1979)

MULHER COM CABELO TRANÇADO.

EDUCAÇÃO BRASILEIRA

Segundo o Censo Demográfico 2000 do IBGE, o Brasil possui 17 milhões de analfabetos (8% da população) e somente 25% dos brasileiros têm pleno domínio da leitura e conseguem compreender um texto. Pesquisas realizadas a partir dos dados do Sistema Nacional de Educação Básica revelam que a **escola pública** apresenta os alunos com pior desempenho, repetência e evasão escolar.

O sistema educacional brasileiro revela a dicotomia da sociedade brasileira: de um lado, uma parcela minoritária de brasileiros que podem custear estudos nos melhores colégios e usufruir dos bens culturais da sociedade; e de outro lado, a maioria da população que só tem acesso às escolas do ensino público, marcadas principalmente pela deficiência na qualidade do ensino.

De que maneira você acha que essa distinção pode influenciar na vida de uma pessoa adulta? Converse com seus colegas e o professor sobre esse assunto.

LINGUAGEM E PRECONCEITO

Uma das modalidades mais corriqueiras de discriminação racial são os xingamentos ou agressões verbais sobre a cor, a etnia ou as características da pessoa negra, como o tipo de cabelo, formato do nariz ou dos lábios.

Expressões como **amanhã é dia de branco**, **pessoa de cor**, **ser a ovelha negra**, **negra do cabelo duro**, dentre outras, revelam estereótipos que contribuem para o racismo na medida em que são reproduzidas em nosso dia a dia, seja nos meios de comunicação, na escola, no trabalho ou mesmo em uma rodinha de amigos.

O uso de termos pejorativos é uma das formas mais evidentes do racismo na linguagem, porém é necessário observar que há também formas veladas de preconceito no vocabulário da nossa língua. É o caso, por exemplo, do uso de palavras como **denegrir** e **mulata**: no primeiro caso, associa-se ao negro um sentido negativo; já no caso de *mulata*, nega-se a condição humana aos negros, uma vez que a palavra deriva de mula, animal que resulta do cruzamento de burro com cavalo.

CABELO: IDENTIDADE E DIVERSIDADE

É muito fácil encontrar quem não esteja satisfeito com seu cabelo. Assim como as roupas e o modo de ser, o cabelo também faz parte da **identidade** de cada um, refletindo a sua cultura, a sua história de vida.

Duro, bombril, ruim, pixaim. Esses são alguns dos adjetivos usados para se referir ao cabelo crespo dos negros na linguagem popular. Seja no caso de homens ou mulheres, negros ou brancos, o cabelo crespo é geralmente rejeitado.

Ao longo dos anos, a atitude de quem tem cabelos crespos foi a mudança para o cabelo alisado, um visual que se aproxima do padrão delimitado pela sociedade. Para muitos negros, porém, assumir seus cabelos ao natural, sem intervenção química, tornou-se uma forma de manifestar seu sentimento de identidade, o que se liga diretamente às suas **raízes africanas**.

Foi desse modo que na década de 1960 o visual *black power* influenciou os jovens a não cortar os cabelos, aceitando assim suas características de origem. Com a explosão da música de Bob Marley na década de 1970, cabelos rastafáris passaram a fazer parte da cultura negra que cantava a liberdade e valorizava a **cultura afro**.

Muitos estilos foram criados a partir de penteados que marcam as características culturais de **negritude**: **black power**, **dreadlocks**, **tranças**, **canecalons** etc. Atualmente, jovens de todas as tribos, sejam negros ou não, têm assumido os mais diferentes visuais, abrindo caminho para a **diversidade** no meio em que vivem.

O VISUAL *BLACK POWER* INSPIROU BRANCOS E NEGROS NA DÉCADA DE 1960.

Capítulo 6
Tocou o sinal

Mira acordou antes de o despertador tocar. Não aguentava mais ficar na cama. Levantou-se com cuidado para não despertar Marcos, desligou o alarme do relógio e foi se preparar para começar, de fato, sua vida no Strauss. Depois do banho e do café, foi escovar os dentes e, ao olhar-se no espelho, o que viu foram dois olhos negros muito brilhantes, cheios de esperança e ansiedade. Sorriu aquele sorriso de cara inteira que diziam que ela tinha e desejou que tudo corresse bem naquele ano que seria tão importante para ela.

Como era um dia especial, enfeitou as muitas trancinhas – feitas com capricho durante horas e horas pela tia Mabel – com as presilhas coloridas em forma de borboletas que tinha ganho no Natal e passou o perfume que adorava. O vidro estava pela metade e tinha que durar ainda muitos meses, pois não sabia quando ganharia outro, mas a data merecia aquela extravagância.

Com carinho, lembrou-se dos votos dos pais e das palavras surpreendentes do irmão. Era bom saber que eles torciam por ela.

Foi para a avenida esperar o ônibus. Apesar de certo nervosismo, estava feliz. Seria aluna de um bom colégio, como sempre desejara. Era uma tarefa difícil para alguém que, como ela, a vida inteira estudara em escola pública e de nível bem baixo.

A Cor do Preconceito

Disposta a enfrentar mais esse desafio, Mira fez um juramento à Filó, sua inseparável mascote:

— Vou vencer essa parada, amiga. Pode escrever.

Quando Mira chegou ao Strauss, ainda não havia muitos alunos por lá. Alguns conversavam animadamente, como velhos conhecidos; outros, com cara de preguiça, só observavam a movimentação e pareciam não ter acordado de verdade. Os carros novos, muitas caminhonetes entre eles, se sucediam no quarteirão da escola, complicando bastante o trânsito por ali. Para seu espanto, a maioria dos alunos não exibia roupas impecáveis, como ela imaginara. Havia muitos *jeans* esfarrapados e camisetas desbotadas, algumas roupas tinham até rasgos e manchas.

"Pode até ser roupa de grife, mas que não parece, não parece mesmo."

"Que bom!", pensou Mira, aliviada. "Acho que não vai ter desfile de moda por aqui. Só de celulares, pelo visto."

Meio sem jeito, ela entrou no colégio e foi procurar seu nome na lista das salas, afixada no mural. Um fato logo chamou sua atenção: sobrenomes estrangeiros, alguns bem conhecidos e que davam nome a produtos famosos. Ela até reconheceu a marca de um panetone e a de uma salsicha entre aquele monte de sobrenomes. "Parece supermercado", pensou, divertida.

Encontrou então o seu próprio nome: Miriam da Silva Pereira. Já ia perguntar para alguém onde ficava aquela sala quando, distraída, deu a maior trombada em um garoto que também consultava a lista.

Toda sem graça, se desculpou, mas ele parecia mais sem graça ainda do que ela:

— Pô, desculpa aí. Eu acho que ainda tô dormindo.

Mira aceitou as desculpas daquele garoto que lhe pareceu simpático, meio atrapalhado, de roupa alguns números maior do que ele e mais amassada do que não sei o quê.

Em poucos minutos, os dois estavam conversando. Eram da mesma sala e Mira descobriu que Diego, que preferia ser chamado de Dida, também era aluno novo no colégio e que tinha uma prima, a Patty, que estudava lá desde o sexto ano. Os primos iam agora estudar juntos.

Joaquim Maria Machado de Assis (1839-1908), filho de pais mestiços e neto de escravos alforriados, foi funcionário público, jornalista e escritor, sendo considerado um dos maiores talentos literários brasileiros. Presidiu a Academia Brasileira de Letras e escreveu, entre outras obras, *Memórias póstumas de Brás Cubas* e *Dom Casmurro*.

Tocou o sinal

A conversa entre os dois estava engrenando quando o sinal tocou. Eles atravessaram o pátio e foram para a sala.

Mira já se sentia mais à vontade. Os colegas pareciam legais e apenas um ou outro a olhava de um jeito diferente, que a incomodava. Era um misto de curiosidade e de surpresa. Alguns nem disfarçavam e olhavam demoradamente para os cabelos dela, cheios de trancinhas.

Mira procurou uma carteira no meio da classe para se sentar. Não gostava de ficar na cara do professor e, muito menos, no fundo da sala. Dida sentou-se lá na última fila, atendendo ao chamado de uma garota. Talvez aquela fosse a Patty, prima dele.

As aulas naquela manhã eram mais para professores e alunos se conhecerem e para que a direção relembrasse a todos o compromisso de honrar as tradições do Strauss.

Os novos alunos eram convidados a se apresentar, e Mira, normalmente desembaraçada, se sentiu bem insegura quando chegou a sua vez. Até gaguejou um pouco, mas quando falou da leitura como um de seus passatempos preferidos e citou os autores de que mais gostava, como Machado de Assis, Lima Barreto e Mário de Andrade, de quem tinha começado a ler *Macunaíma*, sentiu olhares de admiração da professora de literatura e de alguns colegas. Isso lhe deu mais confiança.

Veio o intervalo e alguns colegas foram conversar com ela. Queriam saber de que colégio tinha vindo.

Falou o nome de sua antiga escola e percebeu que ninguém a conhecia. Meio constrangida, ela explicava, então, que era uma escola pequena, de bairro.

— Onde você mora? – alguém quis saber.

Ao falar em Jardim Carolina, caras de interrogação se voltaram para ela. Mira tentava explicar que ficava perto de um bairro conhecido, quando foi interrompida:

— E como é que você veio parar aqui? – perguntou uma garota que desde o início lhe pareceu meio esnobe. – Tem bolsa?

— É, tenho – disse Mira, pouco à vontade.

— Você é filha de algum funcionário?! – espantou-se a outra. – As-

Afonso Henriques de Lima Barreto (1881-1927) foi funcionário público, jornalista e escritor; sofreu com o preconceito social e racial durante a juventude e suas primeiras obras foram ignoradas pela crítica. Pioneiro no romance social, sua obra principal foi *Triste fim de Policarpo Quaresma*.

Mário Raul de Morais Andrade (1893-1945), músico, escritor e crítico literário. Foi um dos expoentes do movimento modernista no Brasil e autor de *Macunaíma*, obra-prima da literatura brasileira, que reúne lendas e mitos indígenas para compor a história de um "herói da nossa gente", que sai da mata para a cidade de São Paulo.

A Cor do Preconceito

> Termo usado para se referir a pessoas cuja cor da pele está entre o branco e o pardo, seja por natureza seja por bronzeamento, ou a pessoas brancas de cabelos pretos ou castanho-escuro.
> No Brasil, **"moreno"** é utilizado, muitas vezes, para negar ou dissimular a negritude de pessoas afrodescendentes.

sim, **moreno**, no colégio só tem o tio da cantina e um segurança, mas acho que nem casado ele é. Parente da professora Terê você não deve ser porque ela não tem família aqui. Só na Bahia.

Como gostaria de poder dizer que seu pai pagava o colégio que nem o pai daquela menina metida, mas não podia contar essa mentira.

Mira sentia-se cada vez mais embaraçada.

Foi quando uma garota de cabelos encaracolados e com mechas coloridas apareceu para salvá-la:

— Dá um tempo, Adri.

E voltando-se para Mira, acrescentou:

— Não liga, não. Essa aí acha que tem vocação pra detetive.

Mira sorriu e logo sentiu que ia se dar bem com aquela garota. Seu nome era Mariana.

O primeiro dia de aula continuou com a divulgação dos horários e dos nomes dos professores responsáveis pelas diversas disciplinas e do comunicado de que os alunos, principalmente os novos, teriam à sua disposição aulas de reforço e adaptação em todas as matérias, em período diferente das aulas regulares.

Mira pensou que provavelmente ficaria no colégio o dia inteiro estudando, mas isso não a incomodava. O que a incomodava era aquele sentimento estranho que de repente voltou a experimentar. Tentou se lembrar com mais exatidão das palavras da avó Clara sobre o Strauss – "escola dos riquinhos"? Ou seria "dos branquinhos?" Não tinha certeza do que ouvira, mas as duas definições certamente se aplicavam ao colégio onde acabara de chegar.

Ela tinha notado que era a única negra em sua classe e durante o intervalo viu apenas um garoto pardo, que, aliás, mal olhou pra ela. Talvez no período da tarde houvesse outros negros. Logo ia descobrir.

Como o Strauss era diferente do Cruzinha! Lá sempre o que mais havia nas salas eram negros. Pensando bem, era uma mistura só aquela escola: tinha orientais, nordestinos, brancos, pardos e descendentes de índios, como o Ronã. O Cruzinha era mesmo a cara do Brasil!

Quando o sinal tocou encerrando aquele primeiro dia de aula, Mira deu tchau para seus novos colegas e atravessou apressada o pátio.

Viu de longe o professor Ricardo e acenou-lhe rapidamente. Talvez devesse ir falar com ele, mas achou melhor deixar para outro dia. Estava com pressa. Não via a hora de chegar em casa. Pena que só poderia contar aos pais como tinha sido o seu começo no Strauss à noite, quando eles voltariam do trabalho.

✳✳✳

Capítulo 7
Um "banquinho" na família

O jantar daquela noite foi mais animado do que nunca. O pai, a mãe e até o irmão estavam curiosos para saber como tinha sido o dia de Mira.

Enquanto se deliciava com a bela macarronada cheia de molho, especialidade da sua mãe, Mira, toda animada, falava do aspecto bem cuidado do colégio, das árvores muito antigas que havia por lá, dos sobrenomes famosos que encontrou na lista, dos carros em que seus colegas chegaram, alguns até com motoristas, das roupas rasgadas e mesmo furadas que viu muita gente usando, do festival de celulares de todos os modelos que eles carregavam, das muitas disciplinas que teria, dos professores...

Luís, que gostava quando a filha usava aquelas trancinhas soltas, resolveu mexer com a vaidade dela:

— Aposto que você fez o maior sucesso com este seu cabelo. Pelo que você falou dos sobrenomes, só deve ter branco por lá.

— É, só vi um garoto meio pardo, mas acho que deve ter outros alunos em outras classes, no período da tarde.

E quando viu já estava comentando:

— Tem gente legal lá, mas também tem umas figuras que me dão a maior bronca: alguns nem disfarçavam os olhares curiosos, queriam saber se demora muito para fazer as trancinhas, se dá pra pentear, e uma garota teve a cara de pau de perguntar se dá pra lavar a cabeça... E eu nem fiz aplique! Imagina se eu tivesse com cabelo até as costas. O que ia ter de perguntas...

Um "banquinho" na família

– É, filha, você nunca gostou que falassem do seu cabelo – comentou a mãe. – Lembra quando a gente foi ao supermercado, pouco antes do Natal, e uma mulher ficou te enchendo de perguntas sobre as tranças? Você perdeu a paciência e disparou uma resposta tão atravessada que deixou a coitada sem rumo.

– Eu adorei aquilo – vibrou Marcos. – A **branquela** não sabia onde enfiar a cara.

– Marcos, olha o jeito de falar dos outros!

– Qual é o problema, mãe? Eles não chamam a gente de negão, preto, crioulo…?

Sônia ia responder ao filho quando o som da campainha a interrompeu. Quem será que tocava naquela hora e com tamanha impaciência?

Ela levantou-se da mesa e foi ver. Poucos minutos depois entrava na cozinha, com ar contrariado, seguida por um homem que não parecia bem.

– Tio Lino! – gritaram ao mesmo tempo os dois irmãos.

Luís também estava surpreso com aquela visita fora de hora. O recém-chegado, muito falante, cumprimentava os sobrinhos e o cunhado, tropeçando nas palavras. Seu aspecto e sua fala não deixavam dúvidas: estava bêbado.

Sônia fez o irmão sentar-se e disse que ia trazer um prato para ele.

– Não precisa não, mana. Já jantei.

Sônia não deu atenção às palavras de Lino, trouxe-lhe um prato e com muito custo conseguiu fazer que ele comesse um pouco.

Lino era um bom mecânico, mas, desde que perdera o emprego, há mais de dois anos, vivia de pequenos serviços e dera para beber. Padrinho de Marcos, ele às vezes aparecia na casa de Sônia com a desculpa de ver o afilhado. Isso geralmente acontece depois de mais uma das inúmeras brigas com a mulher.

Luís estava tentando convencer o cunhado a frequentar as reuniões dos **Alcoólicos Anônimos** ali na igreja do bairro, mas o homem dizia que bebia só de vez em quando e nunca perdia o controle.

Enquanto Lino ia desfiando uma longa história sem sentido, Mira se lembrava de um episódio que sua mãe contava.

Sônia e Lino eram crianças e ainda moravam no sítio. Além deles dois, havia mais quatro irmãos. Todos brincavam e brigavam muito,

---

Todo grupo, qualquer que seja sua origem, estranha o diferente. Do mesmo modo que os negros são, muitas vezes, tratados com apelidos pejorativos, o uso da expressão **"branquela"** para se referir à mulher branca demonstra também um preconceito: a discriminação em relação à cor branca da pele.

Alcoólicos Anônimos é uma associação de homens e mulheres que compartilham experiências, a fim de libertar-se da dependência de álcool. Não está ligada a nenhuma religião, nenhum partido político ou instituição. A participação é gratuita.

43

como em qualquer família. Lino, o caçula, era o mais nervosinho dos irmãos e o mais valente também. Sempre que os outros o provocavam, ele xingava e, não raro, começava a chorar.

E aí a provocação se tornava mais insistente e um dos irmãos cantarolava:

— Ele está cho-ran-do... Neguinho chorão! Não aguenta gozação!

Irritado, ele pegava um pedaço de pau para ameaçar os maiores e protestava em sua língua de quem nem sabia ainda falar direito:

— Eu num sô neguinho. Neguinho é oceis! Eu sô banquinho.

Lino era o mais claro dos irmãos e parecia fazer questão de enfatizar isso desde pequeno. Tinha puxado mais o pai Antenor, o avô que Mira só conhecia por fotografia.

A risada era geral e, para irritar Lino ainda mais, sempre tinha alguém que respondia:

— Ah, você é banquinho. Então vem aqui que vou sentar em você.

E a briga continuava até que a avó corria para ver o que era aquela gritaria.

Esse episódio foi durante muito tempo motivo de gozação nas reuniões de família. Com o passar do tempo, a brincadeira foi perdendo a graça, principalmente quando todos observavam a situação atual de Lino.

Ele era parado pela polícia com frequência e uma vez fora até levado a uma delegacia como suspeito de um roubo. Tudo porque tinha bebido umas cervejas a mais e estava sem documentos em um bar.

— Sou trabalhador. Não sou nenhum bandido para me tratarem assim — costumava protestar sempre que se metia em alguma encrenca.

Quando jovem, tinha namorado uma moça branca, contrariando a vontade da família dela. A paixão parecia grande, mas a pressão foi maior e o namoro terminou. Logo em seguida ele conheceu tia Marina, negra como ele, e em menos de um ano estavam casados.

Depois do jantar, Sônia serviu um café bem amargo para o irmão, para ver se ele se recompunha. Em alguns instantes, ele cochilava no sofá.

Marcos observava o tio e lamentava a perda do filme que ia passar naquela noite na tevê. Pelo jeito, o homem ia dormir ali na sala.

O clima estava meio pesado e Luís resolveu dar uma aliviada na situação:

Um "banquinho" na família

— Filhão, vamos mostrar para essas mulheres como é que se lava uma louça de verdade. Eu lavo e você enxuga, falou?

Enquanto isso, Sônia foi buscar lençóis e um travesseiro para o irmão. Mira foi atrás dela:

— Mãe, o tio vai dormir aqui?

— É, filha, fazer o quê? Não dá pra deixar ele ir embora nesse estado e sua tia não deve estar nem um pouco a fim de ver a cara dele hoje. Ai, meu Deus, o Lino está se acabando a cada dia! Ele precisa tomar jeito.

Mira percebeu toda a emoção que havia na voz da mãe. Era dó misturado com revolta, censura com lamento.

— Mãe, queria tanto poder ajudar o tio. Quando não bebe, ele é tão

A Cor do Preconceito

bom! Uma pessoa inteligente, engraçada. Nunca esqueço que foi ele quem me ensinou a jogar dominó. Você me contou que eu ficava brava quando perdia, então ele me deixava ganhar...

– É, até que você começou a ganhar dele de verdade e aí ele não achou a menor graça – comentou Sônia, com um pequeno sorriso. – Todo mundo fazia a maior gozação cada vez que ele perdia, mesmo com ele insistindo que tinha deixado você ganhar de propósito.

– E ele é um padrinho legal para o Marcos. Lembro que o tio sempre levava ele nos estádios, ensinou a soltar pipas e até fez pra ele aquele carrinho com motor de verdade. Demais!

– É, filha. Espero que o Lino ainda se recupere e volte a ser o que era: uma pessoa decente e trabalhadora. Bom, agora vamos ver o que aqueles dois estão aprontando na cozinha e depois vamos dormir. Amanhã cedo acordo seu tio, dou café pra ele e pegamos o ônibus juntos. Juro que vou ter uma conversa bem séria com ele.

***

CAPÍTULO 8
Preto e pobre

Já fazia uma semana que Mira ia às aulas do novo colégio. Cada dia chegava em casa com uma novidade. Estava bem entusiasmada e já tinha feito alguns amigos. Falava sempre de Dida e de Mariana. Marcos não se surpreendia. A irmã era assim mesmo: em pouco tempo ficava conhecida. Também, tagarela como era, conversava com todo mundo!

Só uma vez a irmã pareceu chateada com os novos colegas. A curiosidade sobre seu cabelo continuava e ela tinha dito à mãe que nunca mais iria de trancinha ao colégio.

– Não tenho vocação pra mico de circo – ela completou, bem irritada.

Marcos riu das palavras da irmã, pois tinha certeza de que aquele era só um problema passageiro e que logo Mira nem se lembraria mais dele. Ela não era de guardar raiva. Até quando eles brigavam, ela explodia na hora mas pouco tempo depois já estava de bom humor.

Marcos sabia que não precisava se preocupar com a irmã, até porque ele tinha os seus próprios motivos para se inquietar: ia começar o oitavo ano e, como dizia o pai, a responsabilidade crescia de ano para ano. Haveria novos professores, matérias diferentes, maior necessidade de estudar.

E ele não queria mais escutar a mesma ladainha dos pais toda vez que lhes mostrava as notas. Até já tinha aprendido a se defender, antes mesmo de começarem a criticá-lo.

Mostrava o boletim com algumas notas baixas, outras no limite e poucas notas boas, apressando-se em fazer o comentário:

A Cor do Preconceito

— Tudo bem, sei que dá para melhorar. Estou me esforçando...

Naquela segunda à tarde ele chegou animado no Cruzinha. Ia reencontrar alguns amigos e, embora estudar não fosse a sua atividade preferida, era sempre melhor ir para a escola do que ficar sozinho em casa.

Mira já tinha avisado que estaria praticamente o dia inteiro no colégio, por causa das aulas de reforço.

"No fundo, dá na mesma", pensou ele, balançando os ombros. "Quando ela está em casa, nem liga pra mim mesmo."

Preto e pobre

— Ela pensa que eu sou criança — sempre comentava ele com a mãe, depois de alguma discussão com a irmã.

Verdade era que Mira cuidava dele como podia, mesmo quando ficava resfriado ou tinha crise de asma. Ela o esperava para almoçar e quase nunca contava para a mãe as travessuras que ele aprontava, mas Marcos queria outra coisa: uma companhia mais próxima, que Mira não tinha tempo para ser.

A primeira aula de Marcos foi de português, matéria em que ele tinha alguma dificuldade. E o professor já era famoso em sua família.

Lendo os sobrenomes de seus novos alunos, o professor Ricardo perguntou:

— Marcos, você é irmão da Mira, não é?

— Sou — ele confirmou, não entendendo bem aonde o professor queria chegar.

— Pois, meu caro, sua irmã sempre foi uma ótima aluna. Espero que você se inspire nela e seja também um bom aluno.

Marcos apenas sorriu sem graça.

Até o final daquele primeiro dia de aula, o professor de história e também o de geografia tinham feito elogios a Mira, o que, de certa forma, deixava Marcos meio irritado. Ele tinha a impressão de que todos queriam exigir que ele fosse igual a ela. E ele, definitivamente, era bem diferente!

Marcos não sabia dizer se sentia inveja da irmã. No fundo, tinha o maior orgulho dela, mas jamais disse isso pra ninguém. É que tantos elogios a ela o cansavam. Muitas vezes não se segurava e soltava um comentário irreverente quando o comparavam com a irmã:

— O gênio da família é a Mira. Eu sou apenas o irmão dela.

Para os seus 12 anos, Marcos até que era bem encorpado e sua agilidade levava muita gente a apostar que ali estava um bom jogador de **futebol**. Engano. Marcos não tinha o menor jeito para os esportes coletivos. Talvez se desse bem com uma bicicleta ou um *skate*, ele imaginava, mas como poderia saber? O dinheiro de casa não sobrava nem para uma coisa nem outra.

Futebol com ele, só pela televisão, já que no estádio os pais não o deixavam ir de jeito nenhum. Diziam que hoje em dia era perigoso demais.

O **futebol** foi introduzido no Brasil pelos ingleses no final do século XIX. Era um jogo da elite branca. Mas, gradativamente, foi se popularizando, e a participação dos negros e mestiços aumentou. Hoje, os jogadores de origem negra são os maiores ídolos do futebol nacional e internacional.

49

A Cor do Preconceito

Já os meninos do bairro tinham desistido de chamá-lo para jogar:

— O cara não leva jeito, meu. Que centroavante mais grosso a gente arrumou – xingou o capitão de seu time, depois de uma partida em que ele tinha perdido dois gols na cara do goleiro.

Ele até quis brigar com o outro, mas só para impressionar. No fundo, sabia que aquilo não era mesmo pra ele.

Seu sonho era jogar tênis. Que ilusão! O pai só poderia comprar a bolinha e olha lá! Também adoraria ser surfista, mas aí tinha um grande problema, além da falta de dinheiro para comprar uma prancha: não havia mar em São Paulo!

Às vezes, Marcos achava que tinha nascido sem muita sorte. Era difícil nunca ter dinheiro para nada: *videogame*, bicicleta, *skate*, raquete, *discman*...

A música, aliás, era um ponto de discórdia entre Marcos e Mira: ela gostava de **MPB** e *rock* nacional, sabia várias letras e até copiava algumas delas em seu caderno; já ele gostava mesmo de *rap*. E também adorava dançar, o que, sem modéstia, fazia muito bem. Todo mundo dizia isso.

Marcos tinha pedido aos pais para entrar em um grupo de *street dance* que ensaiava num bairro perto dali, mas a mãe não deixara – dizia que ele ainda era muito pequeno para ir sozinho até lá.

— Ela pensa que eu sou criança – disse pra si mesmo, bravo por perceber que não era só Mira que achava isso dele.

Entre seus amigos, Marcos era conhecido como Nego MSP por andar dançando *break* e cantando *raps* que muitas vezes inventava.

Quando ouviu isso, a mãe não gostou:

— Marcos, você tem nome! Pra que usar esse apelido ridículo?

— Ridículo por quê, mãe? Sou negrão mesmo, não sou?

— Só que cor não é nome. Algum amigo seu chama Branco, Amarelo, Vermelho, por acaso?

— *No stress*, mãe. Não ligo quando me chamam assim, aliás, até gosto do apelido. Parece importante, coisa de gente famosa, rica. Melhor que ter nome de pobre.

— Filho, para com isso. Você goste ou não a gente é pobre mesmo. E não é nenhum crime.

A Música Popular Brasileira, ou **MPB**, é um estilo musical que se popularizou com os festivais das décadas de 1960 e 1970, principalmente com artistas como Chico Buarque, Geraldo Vandré, Edu Lobo, Gilberto Gil, Caetano Veloso e Milton Nascimento.

Música também popular, o *rock* é geralmente executado em instrumentos eletrônicos, como guitarra, contrabaixo e bateria. Originou-se de vários estilos de música americana, dentre eles o *blues* e o ritmo *black*. Na época do seu surgimento, 1954-55, era conhecido como *rock'n'roll*.

Preto e pobre

— Mãe, sou negrão e na boa, mas sabe de uma coisa? O que me deixa injuriado mesmo é ser pobre.

Sônia não sabia o que responder para o filho nessas ocasiões. Ela também não gostava nem um pouco da falta de dinheiro que enfrentavam todos os meses. Sabia que os filhos estavam crescendo e era natural que quisessem ter roupas da moda, sair com os amigos, realizar pequenos desejos: Mira e sua ideia fixa em fazer amaciamento no cabelo e Marcos sempre pedindo para ir a um parque aquático com a escola. Infelizmente, eram luxos que nem ela nem o marido podiam dar.

Às vezes, se preocupava muito com Marcos. Sabia que ela e Luís tinham dado uma boa educação para os filhos, mas temia que ele, passando várias horas sem ninguém da família por perto, se envolvesse com más companhias. Era um garoto vaidoso, cheio de sonhos. Ficava longas horas na casa de André, um garoto sardento, bem forte, que nem chegava aos ombros dele. Formavam uma dupla engraçada de ver. Os dois viviam falando em ter isso, ter aquilo.

Sônia tinha a impressão de que Marcos era meio revoltado com a pobreza e a frase que ele um dia tinha lhe dito sempre voltava à sua mente:

— Preto, tudo bem, mas pobre... é muito azar.

∗∗∗

Também chamada dança de rua, o **street dance** faz parte do movimento cultural conhecido como *hip-hop*, que tem no *rap* a sua música, no **break** a sua dança e no grafite (desenhos e pinturas feitos nas ruas) a sua arte.

CAPÍTULO 9
Nem branco nem preto

Já fazia dois meses que Mira estudava no Strauss. Às vezes tinha a impressão de que a sua tarefa era mais pesada do que ela imaginara: as exigências eram enormes!

Não falava disso pra ninguém, nem para o professor Ricardo, que continuava orientando suas leituras e seguia de perto sua vida no Strauss. Algumas noites, no entanto, perdia o sono pensando na possibilidade do fracasso.

Seu diário era o único que sempre sabia de tudo:

> O Strauss é a melhor coisa que aconteceu na minha vida. E não quero que se transforme na pior. Tenho ralado muito e sempre descubro que não sei quase nada em quase todas as matérias. Bom, em língua portuguesa e literatura tem muita gente que está bem pior do que eu. Em história também. O Dida, um dos meus melhores amigos lá no colégio, até me pediu para estudar com ele. Aliás, temos um seminário de geografia daqui a duas semanas. Precisamos agitar logo as reuniões. O grupo é legal, só a Patty, a chata da prima dele, que não sei, não. Depois te conto.

Às vezes, Mira se abria também com a Filó. Enquanto se trocava para ir à escola, comentava com a bruxinha:

— Olha lá! Não vai me deixar na mão. Estou ralando pra valer, por is-

Nem branco nem preto

so trate de me dar sorte e inspiração na hora das provas. É o nosso acordo, lembra?

A outra não respondia nada, mas parecia saber do trato entre elas.

Naquela quarta-feira Mira não tinha aulas à tarde, por isso avisou a mãe que ia visitar seus avós. Estava com saudades deles e queria ver se a avó estava mesmo melhor da gripe, como tinha dito ao telefone.

Mal tocou a campainha, Mira ouviu os latidos fortes do Tuca, lá no fundo da casa. Adorava aquele cachorro que só tinha tamanho e não prestava para espantar nem mosca, como dizia o Vô Pedro.

E lá vinha o avô pelo corredor, um sorriso enorme para receber a visita surpresa:

— Ora, ora, eis minha neta querida. Só não digo que é a preferida porque tem mais três princesas nesta família de tantas belezas!

Desde pequena, Mira ouvia aquela saudação e se divertia com ela.

— Vô, o senhor diz isso pra todas as suas netas, né? — costumava comentar quando era menor.

Entre carinhos de toda ordem, bolinhos de chuva, perguntas sobre o novo colégio e um suco de maracujá fresquinho, preparado com frutas que o avô tinha acabado de apanhar no quintal, Mira teve uma tarde deliciosa.

A avó lhe disse que estava rezando muito para que tudo desse certo naquela escola de nome esquisito.

— Minha filha, tenho pedido a proteção dos santos e dos orixás pra você. Ali no meu oratório tem sempre uma velinha acesa. **Iansã** e **São Judas** estão te protegendo. Quando vou à missa de domingo com a vizinha, nunca deixo de rezar por você.

O avô não perdeu a oportunidade de fazer a sua gozação:

— Mira, com tanto santo, anjo e orixá, você não tem com o que se preocupar. Se depender da dona Clara, você já é doutora!

— Ai, homem, para de blasfemar! Esse seu avô não tem jeito, Mira. Quanto mais velho, fica pior. Ele está aí me gozando, mas bem que na hora em que as coisas apertam ele corre se benzer, pedindo proteção lá no terreiro.

Mira adorava aqueles dois: mais de cinquenta anos de casados e pareciam eternos namorados. Até nas brigas! Formavam uma dupla perfeita:

Orixá feminino do candomblé, a religião africana praticada no Brasil, **Iansã** é considerada senhora dos ventos, da tempestade e dos raios. Na umbanda é representada por Santa Bárbara.

Santo da Igreja Católica, **São Judas** foi um dos apóstolos de Jesus Cristo. É invocado como o santo dos desesperados e aflitos, das causas sem solução ou perdidas.

53

A Cor do Preconceito

a avó era mais decidida, a parte mais prática da casa, e o avô, um menino grande que não dispensava uma boa piada e que, quando estava com os netos, principalmente os menores, levava mais bronca dos adultos do que as crianças.

O pensamento de Mira foi interrompido pela pergunta insistente da avó:
— Mira, estou falando com você. Está me ouvindo, menina?
— Sim, vó – respondeu, colocando um bolinho inteiro na boca.
— Então, estão te tratando bem lá no colégio chique?
— Estão, vó. A turma é legal. Bom, sempre tem os chatinhos...
— E tem mais algum negro por lá? – quis saber o avô.

Nem branco nem preto

— Na minha classe, eu sou a única negra. Tem um garoto, de outra sala, mas eu não o conheço direito. Ele é bonito, cara de mestiço, mas muito insuportável.

— Nossa! Nunca vi minha neta falando mal assim de alguém que nem conhece direito! – espantou-se o avô.

— É, vô. Acho que não fui muito com a cara do moleque. Ele parece convencido e, o pior, outro dia estava no meio de um grupo que ouvia um garoto contando uma piada racista. E ele estava na maior gargalhada...

— Sabe, Mira, isso me faz lembrar a história de um amigo que tive quando ainda era bem moço.

"Lá vem mais uma daquelas histórias do Vô Pedro", pensou Mira, se ajeitando melhor na cadeira da cozinha para ouvir o "causo" que o avô se preparava para contar.

— Eu tinha uns vinte e poucos anos e uns amigos me convidaram para ir a uma festa. Era na casa de uma família de patrícios.

— Patrícios era o jeito como alguns negros se tratavam antigamente – tratou de explicar a avó, diante da cara de espanto da neta.

— É isso mesmo. Bom, acho que era um casamento, festança das boas. Como disse, fui com uma turma de amigos, entre eles o Leonel. A mãe dele era bem preta e o pai, **sarará**, pele clara, cabelo crespo, quase loiro. O Leonel era o filho que mais tinha puxado o pai: bem claro, de olhos meio esverdeados, cabelo bom. Nada de pixaim. Fazia o maior sucesso com a mulherada.

E, sem pressa, o avô continuava a contar a história:

— Naquele tempo, minha filha, o preconceito era pior do que hoje, e um negro pobre jamais conseguiria ser doutor como você vai ser daqui a pouco!

— Vô, eu não vou ser doutora e ainda vai demorar para eu me formar – corrigiu Mira, divertida, saboreando um enorme pedaço de bolo que a avó lhe servira.

— Ué! Não é o seu pai que vive dizendo que quem vai pra faculdade vira doutor?! Bom, continuando: o Leonel era estranho, quando se engraçava com uma moça branca escondia suas origens. Não falava nada da família. Até piada de negro contava. Agora, quando estava no meio da negrada, aí dizia que era da raça e contava vantagem. Dançava um samba

---

Termo de conotação pejorativa, **sarará** é usado para designar pessoa nascida da miscigenação entre brancos e negros. Tem como características físicas o tom de pele claro e os cabelos muito claros, num tom arruivado, e muito crespos.

A Cor do Preconceito

como ninguém e se vangloriava: "Quero ver um branco fazer isso. Ter esta ginga. Isso é coisa de negro. Está no sangue".

Depois de uma breve pausa, o avô retomou a palavra:

– Para encurtar a história, uma vez briguei com ele. O sujeito não sabia o que era: dizia que era branco ou preto, dependendo da situação. E sabe por que estou contando tudo isso, Mira? Acho que esse seu colega é que nem o Leonel, se olha no espelho e não quer ver o que está lá: um negro.

– Querem saber de uma coisa? Nem branco nem preto. As pessoas são todas iguais, todo mundo é filho de Deus e depois de morto não faz a menor diferença se era preto, branco, azul ou vermelho: fede do mesmo jeito. O que vale é o caráter.

Ao ouvir a reação da avó, Mira não pôde deixar de pensar na história daquela mulher. Não conhecera o pai: era filha de mãe negra, empregada de um sítio, e do filho do patrão. O pai branco jamais a reconhecera e a notação em seu registro de nascimento de "pai desconhecido" sempre fora motivo de grande tristeza em sua vida. Uma tristeza que só diminuiu quando ela se casou e construiu a própria família ao lado do Vô Pedro, um homem que se revelou um marido e um pai muito amoroso.

Quando Mira avisou que era hora de ir embora, a avó anunciou:

– Espera aí, que vou pegar um pedaço de bolo pra você levar pro seu irmão, menina.

– Floresta negra ou floresta branca? – perguntou jocosamente o avô, só para irritar a mulher.

– É bolo mesclado, seu bobo! – respondeu a avó, triunfante.

✳✳✳

Capítulo 10
O primeiro aluno da classe não é japonês

Apesar do cansaço da semana, Mira não podia faltar àquela festa. Havia um mês que Cristina vinha ligando para ela, intimando-a a ir ao seu aniversário de quinze anos. E sempre repetindo a mesma ameaça:

— Mira, se você não for, rompo relações definitivamente com você, mas antes vou tirar cópias de uma certa foto sua e distribuir para os seus novos amiguinhos...

— Isso não, por favor – dramatizava Mira. – Aquela foto minha fazendo uma careta horrorosa?! É sacanagem.

— Você quem sabe...

As duas garotas eram grandes amigas, dentro e fora do Cruzinha, e com aquela separação forçada pela mudança de escolas estavam morrendo de saudades uma da outra. Mira nem se lembrava mais do que a levara a se aproximar de Cristina. Eram tão diferentes: Mira, negra, forte, aparentando mais idade do que tinha, extrovertida, popular... Cristina, **traços orientais** bem marcados, pequenina, de pouca fala e muita observação...

No entanto, Mira se lembrava bem da primeira discussão entre elas:

— Ô, Japinha, você não quer fazer parte da nossa chapa para a Comissão de Cultura? Ninguém melhor do que você com essa mania de organização para ser a nossa secretária-geral.

Cristina, geralmente bem-humorada, fechou a cara:

— Escuta aqui, Mira. Posso até fazer parte da chapa, mas com uma condição: para de me chamar de Japinha. Você sabe que odeio esse apelido!

Traços orientais são características físicas de pessoas descendentes de países asiáticos (japoneses, chineses e coreanos, entre outros): olhos puxados, cabelos lisos e pretos.

A Cor do Preconceito

— Nossa, Cris-ti-na. Você não é assim?!

— Pode me chamar de Tina, Cris ou até de Yassue ou, simplesmente, Sue, como o pessoal lá de casa. Eu até prefiro. Na verdade, Cristina lembra a minha batiã, a minha avó, sabe?

— Ué, ela também se chama Cristina?!

— NÃO!!! É que ela não fala português direito e me chama de... de...

— De quê, criatura?

— Esquece.

— Esquece, nada. Como é que ela te chama?

— Não vai rir, hein, ou vou ficar brava com você! Ela me chama de... **Coristina**.

Mira não conseguiu segurar o riso. A amiga a fuzilou com o olhar durante uns segundos, mas depois também caiu na risada.

Durante anos e anos, elas formaram uma dupla inseparável e Cristina já se acostumara com o hábito da outra em chamá-la de Cristina Sue Sue-li.

Ao chegar naquele sábado à casa da amiga, Mira notou que já tinha muita gente da família por lá, além de um pessoal do Cruzinha e de alguns alunos do Luís Gama, onde Cristina estudava agora.

Mira foi recebida com muito carinho pela amiga. Trocaram um longo abraço, cheio de saudades.

— Ainda bem que a minha ameaça funcionou! — comemorou Cristina.

— E você acha que eu ia correr risco de pagar um mico sem tamanho por causa daquela foto medonha? Nem morta!

Mira foi apresentada às pessoas por Cristina, sempre com variações da mesma fórmula:

— Esta é a Mira, minha super-hiperultramelhor amiga!

Mira se divertia com o jeito da amiga. Logo voltaram à sua cabeça imagens do sexto ano, nas quais ela aparecia fazendo trabalhos em grupo.

Seus colegas a chamavam de "gênio", "crânio" e de outros termos que acabavam virando gozação da turma. Essas palavras serviam no início para despertar antipatia e certo afastamento dos colegas. Achavam que ela era daquele tipo de estudante fanática, que vivia metida nos livros, e não tinha tempo a perder com coisas menores, como espalhar uma boa fofoca, passar um trote ou paquerar algum garoto.

Nome de um medicamento usado no tratamento de gripes e resfriados. As pessoas de origem asiática têm dificuldade em pronunciar alguns sons da língua portuguesa, daí o trocadilho entre **coristina** e o nome Cristina.

O primeiro aluno da classe não é japonês

Mira então se entristecia, mas, aos poucos, os colegas se rendiam e percebiam que ela era como qualquer um deles: gostava de um mundo de coisas, era divertida, às vezes mal-humorada... só que era muito dedicada aos estudos, como poucos por ali.

Mira encontrou-se na festa de Cristina com velhos conhecidos do Cruzinha e todos queriam saber como era ser aluna do famoso Strauss.

— Normal, só que você tem de dar duro o tempo todo. Os professores são bem exigentes, mas tem uma coisa boa: eles são todos feras e cobram aquilo que ensinam.

A Cor do Preconceito

— Se você que é você tem de ralar, estou fora. Eu ia fugir no primeiro dia – comentava Rafa, irreverente como sempre.

— Mira, você nem imagina a falta que sinto de você! Agora não tem mais ninguém para salvar o grupo, como você fazia – comentava Malu, com quem Mira tinha feito muitos trabalhos em equipe.

— Tem um lado bom, não é, Malu? Não dá pra ninguém encostar em ninguém – comentou Cristina, que passava por ali e pegou o final da conversa.

— Puxa, Cris! O que você quer dizer com isso?

— Nada, nada, foi só um comentário, amiga – respondeu a aniversariante, com ar divertido, se afastando para receber mais um convidado que chegava.

A festa estava animada e Mira, contente em rever Cristina e o pessoal do Cruzinha. Tinha saudades da turma. No Strauss tinha feito vários amigos, mas era diferente...

Cristina procurava dar atenção a todo mundo, mas não era fácil. Num momento em que a música deu uma parada, convidou Mira para se sentarem um pouco na varanda.

As duas colocavam as novidades em dia. De repente, foram interrompidas por dona Teruko, que vinha chamar Cristina para cortar o bolo. Ao observar a mulher sorridente com a felicidade da filha, Mira se lembrou de uma cena parecida com aquela, ocorrida também ali, só que havia alguns anos.

Naquele mesmo lugar, Mira, Cristina e outros alunos estavam estudando para uma prova difícil. Era a primeira vez que a "Turma da **ONU**", como seus integrantes se identificavam, se reunia lá. O nome vinha do fato de ter branco, negro, índio, oriental, gente de várias ascendências e com as aparências mais diversas no grupo.

De repente, a turma foi interrompida por dona Teruko, que vinha anunciar que era hora do lanche, com direito a bolo e tudo:

— Eita, que maravilha! – comemorou Amelinha, a representante nordestina do grupo. – Só assim a professora dá um tempo. Ela não para de falar, Deus do céu! Já estou misturando tudo.

— Que professora?! – quis saber dona Teruko.

— A melhor aluna da nossa classe, quer dizer, do colégio inteiro. Nossa arma secreta nos seminários, nas provas... não que ela passe cola, que

Sigla de Organização das Nações Unidas, a **ONU** é uma instituição internacional formada por vários países. Tem por objetivo trabalhar pela paz, a segurança e os direitos humanos, manter relações cordiais entre as nações, promover progresso social e melhores padrões de vida para todos os países-membros.

O primeiro aluno da classe não é japonês

isso ela não faz mesmo. Nosso gênio-maior, depois do menor, que sou eu, claro – explicava Rafa em meio às gozações dos colegas.

– A Sue acho que não é...

– É a Mira, mãe – anunciou Cristina, um tanto impaciente. – Quem mais podia ser?

Com cara de espanto, dona Teruko apontou em direção à Mira:

– Quem? "Era"? A moreninha?!

A risada foi geral.

Incomodada com a situação, Mira logo corrigiu a mulher:

– Dona Teruko, não precisa ter medo de ofender. Eu não sou moreninha, sou preta mesmo.

E Rafa completou cantarolando:

– Preta, preta, pretinha...

Mira até ficou meio chateada com aquele episódio. Será que a mulher era daquelas que acreditavam que o primeiro aluno da classe tinha de ser sempre um japonês?

Agora, ali na festa de aniversário da amiga, Mira se dava conta de que havia voltado muitas vezes àquela casa e sempre fora bem tratada pela família da amiga. Provavelmente, dona Teruko nem se lembrava mais daquele episódio.

Mira levantou-se para acompanhar a amiga, decidida a deixar o passado no passado e a aproveitar muito aquela noite, um raro momento de lazer na sua atual vida de estudante, antes que o pai chegasse para buscá-la.

✳✳✳

A ESCRAVIDÃO E A VINDA PARA O BRASIL

Durante a Antiguidade, gregos e romanos possuíam escravos em grande quantidade, obtendo-os principalmente por meio das guerras de conquista. Mas não eram apenas prisioneiros de guerra – muitos eram escravos por dívidas, não importando sua cor (não eram necessariamente negros), sua posição social, seu nível de conhecimento.

Na Idade Média, o escravismo foi substituído pela **servidão** como nova forma de organização do trabalho. No início dos Tempos Modernos, muitos servos alcançaram a liberdade e, gradativamente, o **trabalho assalariado** começou a predominar. No entanto, os interesses do capitalismo criaram um **novo escravismo**, a partir da exploração do território africano e da colonização da América pelos europeus.

Na África, os africanos já conheciam a escravidão. Os reinos de Daomé e Benin, por exemplo, cresceram com a guerra e a escravização dos povos vencidos.

Esses escravos, porém, não eram simples mercadorias, objetos de compra e venda: normalmente trabalhavam por um período determinado e depois se tornavam parte da comunidade. Além disso, sua condição não se transmitia pela hereditariedade, ou seja, seus filhos eram livres.

Mas essa situação começou a mudar com a chegada dos portugueses ao litoral da África, quando teve início um negócio que mudou radicalmente a vida dos africanos: a captura, a venda e o **tráfico de pessoas para a América**.

COM A CHEGADA DOS PORTUGUESES À ÁFRICA, OS AFRICANOS TORNAVAM-SE MERCADORIA VALIOSA, SENDO CAPTURADOS E VENDIDOS PARA OS TRAFICANTES EUROPEUS.

Muitos reinos africanos tornaram-se ricos e poderosos com esse comércio, guerreando entre si para ampliar seus domínios e conseguindo, junto aos europeus, armas de fogo. O reino do Congo, por exemplo, subjugava seus vizinhos, escravizando-os e vendendo-os aos portugueses. Estes, por sua vez, praticavam o **escambo**, ou seja, trocavam os escravos que iriam comercializar na América por produtos como tabaco, cachaça, armas etc.

Nesse período, os portugueses tiveram maior contato com alguns povos africanos, principalmente da costa ocidental da África, pertencentes a três grandes grupos culturais: Sudaneses (incluindo-se nesse grupo os Ioruba), Daomé e Fanti-Ashanti (Mina). Também mantiveram contato com grupos menores da Gâmbia, Serra Leoa, Costa da Malagueta e Costa do Marfim; povos islamizados, como os Fula, os Mandinga e os Haussá, do norte da Nigéria; e os Bantos, do grupo congo-angolês, provenientes de Angola e Moçambique.

O **tráfico negreiro** praticado por vários países europeus transformou radicalmente o continente. Milhões de africanos foram arrancados de suas comunidades, desrespeitados em sua cultura, maltratados e desconsiderados como seres humanos, na maior migração forçada já registrada na História.

Um povo da costa angolana conservou uma tradição oral sobre a **chegada dos portugueses**:

"Um dia os homens brancos chegaram em navios com asas, que brilhavam como facas ao sol. Travaram duras batalhas contra o N'gola e bombardearam-no. Conquistaram suas salinas e o N'gola fugiu para o interior. Alguns de seus súditos mais corajosos ficaram junto do mar e, quando os brancos vieram, trocaram ovos e galinhas por tecidos e contas. Os homens brancos voltaram outra vez ainda. Trouxeram-nos milho e mandioca, facas e enxadas, amendoim e tabaco. Desde então até nossos dias, os brancos não nos trouxeram nada senão guerras e miséria."

No início, a **captura dos negros** era realizada pelos próprios portugueses, que invadiam as aldeias litorâneas e prendiam seus habitantes. Com o tempo, muitos chefes tribais, corrompidos pelos traficantes, que lhes ofereciam joias, tecidos, armas e outros produtos, passaram a fornecer os escravos, obtidos nas guerras locais.

A viagem da África para o Brasil era uma verdadeira tragédia para os negros, e durava entre 40 e 50 dias, da costa atlântica aos portos brasileiros. Os **navios negreiros** carregavam centenas de pessoas, que ficavam fechadas no porão, sem conseguir mudar de posição porque o espaço era pequeno. Os escravos não podiam falar alto, não viam a luz do sol e recebiam uma alimentação precária. As doenças proliferavam e a mortalidade era tão alta que esses navios também eram chamados de **tumbeiros**.

ACIMA: DEPOIS DE VENDIDOS NO BRASIL, OS ESCRAVOS ERAM MARCADOS COM FERRO EM BRASA PELO SEU DONO.

ABAIXO: ERAM FREQUENTES OS ATAQUES ÀS ALDEIAS AFRICANAS PARA A OBTENÇÃO DE ESCRAVOS.

Chegando ao Brasil, os africanos eram colocados à venda nos mercados de escravos. Expostos, tinham seus corpos examinados pelos compradores e negociados como objetos. Recebiam então a marca do proprietário, com ferro em brasa.

A adoção da **mão de obra escrava** no Brasil colonial é explicada por vários fatores. Para a produção agrícola ser lucrativa, era necessária grande quantidade de mão de obra. Como a população portuguesa era pequena, foi impossível suprir essa necessidade; além disso, os portugueses que vieram para cá queriam ser proprietários, não trabalhadores. Os lucros que o tráfico negreiro proporcionava para os comerciantes e para o governo português ajudam a entender a "preferência" pelo escravo africano, que já conhecia a agricultura, a mineração e a manufatura.

Os escravos africanos que vieram para o Brasil pertenciam a basicamente dois grupos: os **sudaneses**, vindos da Nigéria e Senegal, que predominaram na Bahia; e os **bantos**, mais agricultores, que se concentraram em Pernambuco e Rio de Janeiro.

Trabalhando na produção de açúcar, na lavoura de algodão e tabaco, na exploração de ouro e diamantes e no cultivo de café, os africanos foram "as mãos e os pés" não só dos senhores de engenho mas de todos os homens livres durante o período colonial e grande parte do Império brasileiro.

Para os homens era reservado o trabalho pesado das plantações, dos engenhos e das minas. Enquanto isso, as mulheres eram geralmente destinadas ao trabalho doméstico ou viviam como pajem e ama de leite nas fazendas dos senhores.

Escravos com habilidades artesanais eram vendidos por preços mais altos e geralmente se destinavam aos trabalhos nas cidades, onde exerciam os mais diversos ofícios, tais como sapateiros, padeiros, carregadores, barbeiros, construtores, artistas. Nas cidades também eram comuns os chamados **negros de ganho**, que vendiam produtos nas ruas e entregavam o rendimento a seus senhores.

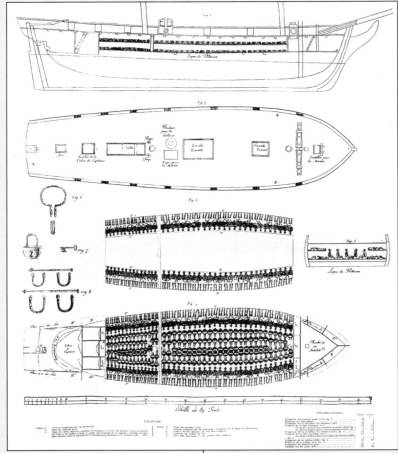

O DESENHO MOSTRA COMO OS ESCRAVOS ENFRENTAVAM A DURA TRAVESSIA NOS NAVIOS NEGREIROS: TODOS AMONTOADOS, TRANCAFIADOS EM UM PORÃO.

Aqui, os escravos passaram a ter uma nova identidade: eram chamados de **boçais** os recém-chegados da África; de **ladinos**, os africanos que já tinham a influência cultural portuguesa; de **crioulos**, os nascidos no Brasil. Assim, os escravos africanos e seus descendentes foram, por mais de três séculos, a principal mão de obra de nosso período colonial, posição que lhes conferiu um importante papel na **formação da sociedade brasileira**.

RAÇA

A noção de **raça** teve um intenso uso ideológico no século XIX, sendo usada para classificar a diversidade humana a partir de supostas **diferenças biológicas**, como cor da pele, tipo de cabelo, formato da cabeça etc. Legitimou-se, assim, a subjugação e a exploração de povos classificados como inferiores. Foi o que aconteceu, por exemplo, com os judeus subjugados por alemães durante a Segunda Guerra Mundial (1939-1945), nos campos de concentração nazistas.

Entretanto, o avanço da ciência do século XX – especialmente da **genética** – revelou que as diferenças biológicas não são suficientes para sustentar a noção de raça. De ponto de vista genético, comprovou-se que há mais diferenças entre indivíduos considerados da mesma raça do que entre os demais, supostamente de raças diferentes.

Atualmente, o conceito biológico de raça é rejeitado, mas o uso do termo persiste como **categoria sociológica**, sendo usado para se referir a identidades culturais e explicar os processos de dominação e exclusão determinados pela crença, ainda presente em muitos indivíduos, de que há raças superiores e inferiores. Tal distinção serve, ainda hoje, apenas para gerar situações de **preconceito** e **discriminação** em relação a alguns grupos humanos.

RAP E MOVIMENTO *HIP-HOP*

O **rap** (do inglês *rhythm and poetry*, que significa "ritmo e poesia") surgiu no Bronx, Estados Unidos, na década de 1970, como meio de resistência dos negros à cultura branca dominante. Suas raízes estão nos afrodescendentes norte-americanos, pois o canto e o ritmo vêm da tradição africana, misturando, com moderna tecnologia, vários estilos da **black music** (música negra).

Diferente de outros estilos musicais, o *rap* não é só música, mas um estilo de vida que impulsionou a criação do movimento cultural **hip-hop** – uma resposta política e social dos excluídos, em sua maioria jovens, da qual o grafite (desenhos e pinturas feitos nas ruas) e o **break** (dança de rua) também fazem parte.

No Brasil, o movimento chegou na década de 1980, por meio do *break*, mas foi o *rap* que mais proliferou entre os jovens negros, tornando-os mais politizados, críticos e reivindicadores de justiça social. Os **rappers** (cantores de *rap*) se veem como porta-vozes da periferia, denunciando as condições em que vive a população pobre – violência, discriminação racial, drogas, falta de perspectivas – e cantando a amizade e a esperança de um mundo melhor.

RAPAZ DANÇANDO *BREAK*.

O Racionais MC's, grupo paulista que conseguiu projeção no cenário musical nacional com um estilo rejeitado pelas grandes gravadoras, rádios e mídia em geral, foi o primeiro grupo de *rap* nacional que conseguiu ultrapassar a periferia, ganhando grande popularidade entre a juventude branca e de classe média.

"Chega de festejar a desvantagem
E permitir que desgastem a nossa imagem
Descendente negro atual meu nome é Brown
Não sou complexado e tal
Apenas Racional
É a verdade mais pura
Postura definitiva
A juventude negra
Agora tem voz ativa"

(Trecho da música "Voz ativa", de Mano Brown & Edi Rock)

CULTURA AFRO-BRASILEIRA

A entrada do negro no Brasil, desde o período colonial, resultou nas mais diversas formas de assimilação entre as **tradições africanas** e a **cultura brasileira**.

Com o tráfico, vieram para o Brasil alguns artistas e mestres em ofícios de oleiros, ferreiros e outras práticas que aqui desenvolveram ou implantaram, deixando sua marca na formação da sociedade brasileira. Atualmente, a contribuição do negro está presente em todos os setores da sociedade, da engenharia à medicina, das artes plásticas à música.

Veja a seguir alguns negros, homens e mulheres, que colaboraram ou ainda colaboram para a construção e o desenvolvimento da sociedade brasileira:

André Rebouças (1833-1898): engenheiro possuído pela paixão de transformar os valores, ideias e instituições, foi uma das mais extraordinárias figuras públicas do século XIX. Sua história entrelaça-se com a própria história do país: realizou importantes obras ferroviárias, portuárias e de saneamento em diversas províncias do Brasil. Na década de 1880, engajou-se no movimento abolicionista ao lado de amigos como José do Patrocínio, Joaquim Nabuco e Taunay. Defensor da Monarquia e leal a Pedro II, após a Proclamação da República exilou-se em Funchal, na África, onde morreu em 1898.

Pixinguinha (1897-1973): compositor, maestro, arranjador e grande flautista, é considerado por muitos como o "pai da música brasileira", por ter criado o que hoje é tido como a base da nossa música. Fez parte da chamada época de ouro da música popular brasileira. Misturando a música dos primeiros chorões aos ritmos africanos, estilos europeus e à música negra americana, deu origem a um estilo genuinamente brasileiro de choros e marchas de carnaval.

ABAIXO: PIXINGUINHA, PARA MUITOS "O PAI DA MÚSICA BRASILEIRA".

Heitor dos Prazeres (1898-1966): pintor, poeta e compositor, foi um dos grandes artistas da música popular brasileira. Nascido no morro, filho de pai operário, inovou o método de cavaquinho em sua época, o que não o impediu de levar adiante seu projeto nas artes plásticas. Suas obras despertam a atenção por abordar de maneira simples a vida carioca em seus acontecimentos triviais, compondo um retrato do povo brasileiro.

Chiquinha Gonzaga (1847-1935): compositora e primeira maestrina do Brasil, era filha de mestiços, e foi eternizada pela primeira marcha carnavalesca brasileira, "Ó abre alas". Passou a vida enfrentando preconceitos por sua cor e por ter se dedicado à música, atividade até então exclusivamente reservada aos homens.

ACIMA: (SEM TÍTULO). ÓLEO SOBRE TELA DE HEITOR DOS PRAZERES.

À DIREITA: CHIQUINHA GONZAGA, COMPOSITORA, PIANISTA E REGENTE.

ACIMA: GRANDE OTELO.

AO LADO: MILTON SANTOS.

ABAIXO: *PÁSSARO ANCESTRAL*, OBRA DE MESTRE DIDI.

Grande Otelo (1915-1993): ator, sobretudo comediante, marcou uma época no cinema brasileiro. Ao lado de Oscarito, tornou-se popular nas chanchadas, tendo participado de mais de 50 filmes na década de 1940. Atuou também em muitas produções do Cinema Novo, destacando-se o filme *Macunaíma*, inspirado na obra de Mário de Andrade. Além do cinema, atuou também no rádio, cinema, teatro de revistas e na televisão.

Mestre Didi (1917): um dos nomes mais respeitados das artes plásticas, nasceu em Salvador (BA), onde teve sua sensibilidade artística despertada pelo culto dos ancestrais. Suas peças, que hoje figuram em museus de várias partes do mundo, revelam a herança riquíssima de suas origens africanas.

Milton Santos (1926-2001): é considerado um dos intelectuais brasileiros de maior reconhecimento no exterior. Formado em Direito, não chegou a exercer a profissão, optando pelo ensino de geografia. Publicou mais de 40 livros em diversas línguas, tendo estudado e lecionado na Europa, na África e nas Américas. Intelectual refinado, foi o único estudioso fora do mundo anglo-saxão a receber o mais alto prêmio internacional em geografia, o Prêmio Vautrin Lud (1994). Considerada equivalente ao Nobel em geografia, a láurea marcou o reconhecimento de suas ideias no Brasil.

CANDOMBLÉ E UMBANDA: RELIGIÕES AFRO-BRASILEIRAS

A **tradição religiosa afro-brasileira** tem suas origens em nosso passado colonial, com a vinda de negros escravizados para o Brasil, país marcado pela influência do catolicismo, a chamada "religião dos brancos".

Para entender as raízes da religiosidade negra, é preciso lembrar que as tradições religiosas africanas, características por cultos e rituais, são frutos dos valores e da cultura daquela sociedade.

Ao longo do século XIX, os negros vindos da África já estabeleciam maior contato entre si, sobretudo nas cidades, o que facilitou a formação de grupos em torno de uma prática religiosa comum. Consolidou-se assim o **candomblé**, praticado por negros escravos ou descendentes de escravos em diferentes regiões do Brasil (candomblé na Bahia, batuque no Rio Grande do Sul, tambor de mina no Maranhão e Pará, xangô em Pernambuco).

A **umbanda** surgiu no Brasil no início do século XX, resultado de um contato entre as tradições africanas, o espiritismo (kardecismo vindo da França) e o catolicismo. Por ter se originado a partir dessas diversas influências, é considerada por muitos uma religião brasileira.

Tanto o candomblé quanto a umbanda formaram-se em **sincretismo**, ou seja, nasceram da fusão de valores africanos com elementos do catolicismo. Da mistura dos santos católicos com os **orixás africanos** surgiram no Brasil os cultos dessas religiões. Conhecê-las um pouco mais certamente irá contribuir para a compreensão da cultura africana que, ainda hoje, é muitas vezes tomada de modo preconceituoso.

O candomblé acontece em terreiros, onde diferentes entidades espirituais se manifestam na dimensão terrena por meio da dança e concedem seu axé (força mística) aos presentes. Os rituais religiosos são liderados pelas mães de santo (também chamadas yalorixás) ou pelos pais de santo (babalaôs, babaloxás ou babalorixás). A forma de cultuar seus orixás (divindades que representam as forças da natureza) varia de acordo com seus nomes, cores, cantos, dança, música e afinidade com elementos naturais. Nos terreiros são tocados os atabaques (instrumentos de percussão), que reproduzem os ritmos de som característicos da cultura africana.

A diferença em relação à umbanda ocorre, principalmente, pela influência do espiritismo, do culto aos espíritos ameríndios (caboclos) e aos santos católicos.

NAS RELIGIÕES AFRO-BRASILEIRAS, ATABAQUES SÃO USADOS PARA "CHAMAR" OS ORIXÁS.

REPRESENTAÇÃO DE ORIXÁS DO CANDOMBLÉ.

CAPÍTULO 11
Cor não tem nada a ver

Depois do jantar, Mira voltou-se toda cheia de carinhos para a mãe:
– Amanhã tem reunião na casa de um amigo do colégio. Você dá uma ajeitada no meu cabelo?
– Filha, você devia ter me pedido isso no fim de semana. Não vou desmanchar suas tranças agora. Mesmo ficando até de madrugada, não ia acabar.
– Eu sei, mãe. É só ajeitar. Tem umas que estão se soltando.

Mira agora só usava tranças presas, que chamavam menos a atenção e não provocavam olhares de curiosidade e perguntas que ela julgava ofensivas sobre seus cabelos. Até as presilhas coloridas, de que tanto gostava, preferia usar fora do colégio.

Seu grupo ia se reunir naquela quinta-feira na casa do Dida e ela estava um pouco ansiosa. Era a primeira vez que ia à casa de alguém do Strauss. Isso, aliás, era algo que a vinha incomodando. Apesar de ter feito alguns amigos no colégio, ninguém jamais a tinha convidado para programas fora dali. E ela bem que sabia que uma turminha sempre se reunia para ouvir música, assistir a filmes em DVD e os mais próximos até viajavam juntos de vez em quando. Isso sem falar das idas a lanchonetes e cinemas. Seria apenas coincidência que ninguém se lembrasse dela naquelas horas?

Dida morava perto do colégio e Mira não teve problemas em chegar até lá. Tinha ido para casa depois das aulas, tomado banho, trocado de roupa, almoçado e enfiado o material do trabalho na sua mochila, tudo em tempo recorde.

71

A Cor do Preconceito

Ao tocar o interfone, Mira foi atendida por Patty, a prima do Dida, com quem ela não se sentia nem um pouco à vontade. Percorreu um imenso jardim até chegar à porta de entrada onde o garoto a esperava. O pessoal já estava quase todo lá. Só faltava o Bruno, que chegou logo depois dela.

Com o grupo completo, Dida levou os amigos para o escritório onde fariam a reunião. A casa era enorme e Mira se esforçava por não demonstrar sua surpresa.

"Só a sala deve ser do tamanho lá de casa!", pensava, enquanto seguia Dida.

O tema do trabalho era "Retratos do Brasil" e cada grupo deveria discutir um aspecto socioeconômico do país. O desemprego, tema escolhido pela equipe de Mira, prometia gerar discussões acaloradas entre todos. Ou quase todos, já que Patty não parecia muito interessada no assunto.

Os ânimos foram se acirrando e, de repente, Mira se viu num bate-boca com Bruno. Filho caçula de um industrial, ele criticava a atitude dos empregados que, em tempo de crise, ainda reclamavam quando, segundo ele, deveriam agradecer o fato de terem um emprego.

– Os negos são muito folgados! Meu pai contou que outro dia, durante uma reunião, a mulher da cozinha fez cara feia só porque ele mandou que ela pegasse o paletó que tinha esquecido em outra sala.

– Bom, não era função dela e vai saber o modo como ele falou – observou Mira, mal disfarçando a indignação com a história. – E, além disso, por que "negos folgados"?

Bruno não gostou da intervenção:

– Que isso, Mira, vai encrespar? É jeito de falar. Por acaso, você acha que sou racista?! Se fosse não seria seu amigo, não ia estar aqui no mesmo grupo que você. Não sou idiota: cor não tem nada a ver. Lá em casa tem a Janice que está com a gente desde que eu nasci, eu acho. Ela é da sua cor, mas a gente trata ela como se fosse da família. Até almoçar com a gente na mesa ela almoça, de vez em quando. Às vezes, é ela quem recusa o convite da minha mãe. É empregada, mas é respeitada. Na boa.

Mira teve vontade de perguntar para o garoto se a mulher era de fato respeitada. Será que os patrões sabiam alguma coisa da sua vida ou só queriam saber mesmo do trabalho que ela fazia?

Cor não tem nada a ver

Não teve tempo de perguntar, porque Dida resolveu botar panos quentes na situação.

— A gente está desviando do assunto – alertou. – Vamos ver os dados que cada um achou sobre o desemprego e depois a gente discute a melhor maneira de expor as pesquisas e apresentar as nossas conclusões.

E, mexendo nas suas anotações, Mira anunciou:

— Encontrei dados do IBGE que mostram que no Brasil a maioria dos desempregados são negros.

— Acho que isso tem a ver com a falta de preparo. Tem muita gente que nem sabe ler e não tem profissão definida. Aí fica difícil arranjar um emprego – emendou Bruno.

— Bom, este gráfico aqui sobre a escolaridade da população brasileira deixa clara a desigualdade entre os brancos e os negros: mais de 35% dos negros são analfabetos, contra 15% dos brancos – avisou Dida.

— E, mesmo quando empregados, a desvantagem dos negros continua. Segundo uma matéria que li num jornal, a grande maioria ganha metade do salário recebido por brancos, trabalha mais, não tem carteira assinada... – ponderou Carol.

A discussão prosseguia e cada vez ficava mais evidente para Mira que o acesso ao trabalho para quem não era branco era sempre mais longo e difícil: menos escolaridade, menos oportunidades de emprego, salários menores, mesmo exercendo funções iguais às de um branco, menos oportunidades de promoção...

E no caso da mulher negra era pior ainda: suas dificuldades eram maiores e as barreiras que tinha de vencer, mais altas. Cargos de chefia, nem pensar! Só para pouquíssimas!

Mira não pôde deixar de pensar na mãe, nas tias e em todas as suas conhecidas negras que davam duro no trabalho e para ganhar menos do que os homens, fossem eles brancos ou negros.

De repente, Dida propôs uma pausa: hora do lanche.

A copeira entrou, sorriso profissional nos lábios, trazendo sanduíches, sucos, salgadinhos e uma infinidade de outros petiscos que logo foram devorados pela turma. Ao ver aquela senhora negra, Mira não se sentiu muito à vontade. Não se lembrava de ter sido servida em outra ocasião com tanta pompa. Aquela era, certamente, uma trabalhadora

A Cor do Preconceito

que engrossava as estatísticas que eles estavam discutindo.

A reunião foi retomada minutos depois e o trabalho avançava bem. Mira, no entanto, se sentia cada vez mais incomodada com o rumo das discussões: além dos dados oficiais que nunca tinham lhe parecido tão reveladores, algumas opiniões da turma a irritavam. Ficava claro que os colegas falavam de um mundo que desconheciam. Muitas vezes o preconceito vinha com tudo, principalmente quando o assunto eram os pobres; quando o tema era a situação específica dos negros, o desastre lhe parecia maior. Na visão de alguns, tudo se resumia a uma questão bem simples: bastava haver mais vontade, empenho, que a situação poderia ser diferente!

Patty chegou mesmo a apontar o exemplo de Mira:

— Se você conseguiu a bolsa no Strauss, outras pessoas sem condição também poderiam estar lá ou em outras escolas boas, mas pouca gente faz por merecer isso. Eu concordo com o Bruno: se as pessoas estudassem, arranjariam emprego, seriam promovidas, mas do jeito que são acomodadas vão ficar eternamente nos empreguinhos vagabundos. E quando são despedidas ficam aí, reclamando da sorte, dizendo que está difícil arranjar emprego e sei lá mais o quê.

— Só que nem todas as pessoas têm oportunidade de estudar, pois precisam trabalhar cedo. Olha só o que tem de **criança trabalhando** para ajudar em casa! — Mira se empolgava nas considerações. — E pagar boas escolas nem pensar. Muitos mal têm grana para comer. E os negros são maioria dentro da classe mais pobre, como a gente viu pelos números oficiais e, aliás, pode ver a toda hora na televisão, nas ruas...

Mira insistia na sua argumentação, mas no fundo se perguntava se aquilo adiantaria alguma coisa: aquelas eram pessoas que viviam em um outro mundo. Um mundo onde a pobreza era abstração, e o negro, quase um desconhecido.

✸✸✸

A Constituição brasileira de 1988 proíbe que os menores de 14 anos trabalhem, exceto na condição de aprendiz. No entanto, nas áreas rurais e mesmo nas grandes cidades, a mão de obra infantil é explorada e não é raro encontrarmos **crianças trabalhando** como adultos.

Capítulo 12
Entre pai e filha

Apesar da vida corrida, perdendo horas e horas no trajeto casa-trabalho-casa, e das preocupações com dinheiro, sempre menor do que o tamanho das contas, Luís se orgulhava de ser dedicado aos filhos. Não tinha muito tempo para estar com eles, mas, quando podia, ficava de verdade com os dois. Gostava de conversar com os filhos, saber como ia a vida, falar da escola, dos projetos de cada um.

— Não basta ser pai, tem de "paiticipar" — dizia sempre, recriando com bom humor o bordão de um antigo anúncio publicitário.

Ele e Marcos se entendiam bem. O filho era um garotão ainda, meio sem juízo, que vivia sonhando com coisas caras, mas era obediente e companheiro. Os dois gostavam de ver programas humorísticos, para desespero de Sônia e de Mira, que preferiam *shows* e filmes. O negócio era decidir no par ou ímpar quem ia escolher a programação da noite. E como pai e filho trapaceavam nessas ocasiões! Nos últimos tempos, Mira estava mais apegada à mãe, diferentemente do que acontecia quando era menor e não largava o pai. Fazia tempo que Luís não conversava mais longamente com a filha. E justo agora que andava cada dia mais orgulhoso da sua menina. Marcos, num misto de ciúmes e gozação, anunciava:

— Tenho dó do carinha que quiser namorar a Mira. Passar pelo controle do sogrão aí não vai ser mole, não.

— Que é isso, menino! Só quero o bem de vocês dois. E a sua irmã ainda é muito nova pra pensar em namorado. Precisa estudar antes para não ficar que nem eu: trabalhando muito para ganhar muito... pouco.

A Cor do Preconceito

A família se divertia com a cara de Luís diante das provocações do filho.

Naquela tarde de sábado, enquanto Sônia guardava as compras do mercado, Luís foi deixar a carteira no criado-mudo. Ao passar pelo quarto dos filhos, ouviu alguém falando: era Mira. Bateu na porta e perguntou:

– Oi, filhota. Não chega de estudar, não?

– Ai, pai. Tem tanta matéria que não dá pra bobear, mas já estou acabando.

Ele ficou parado na porta observando-a, sem saber o que dizer.

– Se quiser, pode entrar – ela convidou.

Luís sentou-se na cama de Marcos, bem em frente à mesinha dobrável onde havia livros e cadernos espalhados.

– Faz tempo que a gente não conversa, né, filha? Como vai o colégio?

– No mesmo lugar! – comentou com ar divertido. – Falando sério: vai

Entre pai e filha

bem. Acho que agora já me acostumei com o ritmo de lá. E com as pessoas também.

— Gente metida a besta, não é, Mira?

— É, alguns, mas tem gente legal também – disse, sem muita convicção, ao se lembrar da reunião na casa do Dida, alguns dias antes. – Às vezes fica difícil conversar com eles; vivem em um outro mundo e nem imaginam como é a vida de gente pobre. Alguns são preconceituosos, mas não assumem, outros nem se dão conta...

O pai se assustou:

— Alguém te ofendeu?!

— Não é disso que eu estava falando, pai. Tem rico que acha que pobre é tudo vagabundo e que conseguiria melhorar de vida se fosse mais esforçado. Assim, num passe de mágica!

Depois de alguns momentos de silêncio, Mira completou:

— Só enxergam o próprio mundinho. Às vezes, fico imaginando que eles nunca pararam pra pensar, por exemplo, na situação dos negros.

— Com certeza, mas você não respondeu minha pergunta: alguém te ofendeu? Eles te tratam bem? Mira, eu já lhe disse inúmeras vezes: não deixe que pisem em você, não se humilhe diante de ninguém. O preconceito só vai acabar quando as pessoas reagirem e se fizerem respeitar, por bem ou por mal; caso contrário...

— Pai, pode ficar tranquilo. Ninguém me desrespeitou e eu sei muito bem me defender – disse, tentando demonstrar segurança.

— Está bem, moça.

Luís afagou o cabelo da filha e aproveitou para perguntar:

— E cadê aquelas trancinhas lindas que deixam você com cara de princesa africana? Você fica mais bonita com elas...

— Ah, pai, já contei que logo na primeira semana de aulas me encheram tanto no colégio com perguntas idiotas que resolvi dar um tempo.

— Filha, a gente não pode deixar de fazer as coisas que gosta só porque os outros criticam ou não aceitam.

Mira fingiu limpar a garganta e não perdoou:

— Que nem o seu **cabelo rastafári**, pai?

— Puxa, golpe baixo! Por que você foi me lembrar disso?! – a voz de Luís revelava certa tristeza. – Ali foi diferente: o patrão, antes de me

Ativistas negros tomaram o **cabelo rastafári** como uma forma de afirmação da identidade negra. Seus adeptos seguiam algumas regras, como não cortar os cabelos e ser vegetariano, entre outras.

A Cor do Preconceito

Identidade é o conjunto de características que distinguem uma pessoa e graças às quais é possível individualizá-la, vê-la como única. Para o negro da África, roupa, acessórios e marcas no corpo (na maneira de pentear os cabelos, pinturas e sinais no rosto e no corpo), constituíam marcas da identidade grupal que, em grande parte, se perderam com a escravização.

Cantor jamaicano que marcou a música *reggae*, **Bob Marley** (1945-1981) cantou a realidade da população negra e das colônias africanas que buscavam se libertar do neocolonialismo europeu. Filiado à filosofia do rastafarianismo, foi o maior símbolo de sua época.

contratar, disse claramente que eu era um bom profissional e que a vaga seria minha, mas com uma condição: ou eu cortava o cabelo ou nada feito.

E, num misto de revolta e rendição, Luís concluiu:

– Até tentei mostrar que o meu cabelo não tinha nada a ver com a minha capacidade e a minha responsabilidade, mas não teve conversa. E, então, entre o meu xodó de mais de dez anos e o emprego que podia melhorar a nossa vida, não tive escolha.

Para aliviar o clima um tanto pesado que estava no ar, Luís comentou:

– Lembro até hoje da cara feia que a senhorita fez quando cheguei em casa com o cabelo curtinho, curtinho!

– Também... parecia outra pessoa. Foi difícil acostumar depois de tantos anos vendo você de cabelos compridos...

– E a mãe de cabelo curto? Lembra que você comentava só para me chatear?

– Pai, sempre imaginei que deve ter sido muito difícil pra você cortar aquele cabelo. Por onde você passava todo mundo comentava que era legal.

– Isso quem não criticava, dizendo que parecia sujo, que eu ficava com cara de vagabundo, que nem parecia um pai de família sério com aquele cabelo enorme...

– Que horror! Como alguém pode dizer uma besteira dessas?

– Pois é. Fui obrigado a cortar o cabelo e, nunca disse isso pra ninguém, mas tive vontade de chorar quando o barbeiro começou a passar a tesoura na minha juba. Chegou a doer lá dentro.

Agora era Mira quem acariciava os cabelos do pai. Emocionado, Luís continuava a falar:

– Mais do que cortar o meu cabelo sentia que perdia parte da minha **identidade**. Era um cabelo que fazia lembrar não só do **Bob Marley** e de outros caras do *reggae*, mas das nossas origens africanas. Com aquele cabelo eu me sentia negro por inteiro, entende? Tinha um cabelo que só os negros podem ter. Bom, tem gente de cabelo liso que até tenta usar rastafári, mas não dura nada. Alguns até passam cera para durar um pouco mais. E nem podem lavar a cabeça, senão, adeus tranças!

Vendo a tristeza do pai, Mira o animou:

Entre pai e filha

— Pai, um dia você vai ser o seu próprio patrão e vai poder usar o cabelo do jeito que quiser, sem ter de dar satisfação a ninguém!

— E você vai poder usar as suas trancinhas, sem ter de ficar explicando que dá para lavar normalmente.

— Ou fazer amaciamento e usar os cabelos soltos, caindo nos olhos, lindos, esvoaçantes ao vento… – disse Mira, agitando os braços e abrindo um grande sorriso.

— Ah, filha. Vamos deixar de sonhar. Quando eu for meu patrão, já vou estar careca e aí é que não vai dar mesmo para usar rastafári. Só se for peruca. E seus cabelos esvoaçantes acho que vão ficar para uma outra encarnação.

A risada dos dois atraiu Sônia:

— Do que vocês estão rindo tanto? Posso saber? – disse ela à porta do quarto.

Marcos, que chegava da rua cantarolando um *rap* e ensaiando novos passos de dança, também estranhou aquela barulhada no quarto:

— O que está acontecendo no meu quarto? – disse para provocar a irmã.

— Seu quarto vírgula. NOSSO quarto.

— Estamos aqui falando de cabelo e, aliás, o seu já passou da hora de cortar, já que ele parece mesmo ter alergia a pente.

— Ah, pai. Sem estresse. Sabe que até estou pensando em raspar a cabeça? Aí não terei mais este problema. Só os outros.

— E que outros problemas que você tem? Posso saber? – perguntou Sônia, curiosa.

E o garoto completou na maior seriedade:

— Ora, mãe. Os de sempre: dinheiro, dinheiro e dinheiro.

✷✷✷

Capítulo 13
O poder subiu à cabeça

P ara enriquecer o seminário de geografia, Mira deu a ideia de ilustrar, com depoimentos de trabalhadores de diversas classes sociais, as reflexões que o grupo tinha feito sobre o desemprego no Brasil. Seria uma visão de dentro do problema, que revelaria novos ângulos da questão. A ideia foi bem-vinda e o pessoal saiu à procura de entrevistados.

Não foi difícil conseguir quem se dispusesse a falar, de gente sem maiores qualificações até pessoas com ótimo currículo, dispostas a se sujeitar a salários e funções bem aquém de sua formação e de sua experiência para conseguir um novo emprego.

Para aqueles jovens de classe média alta foi uma revelação: perceberam que bem mais perto do que eles imaginavam havia gente vivendo aquela situação que eles só conheciam da televisão. Era o filho da empregada, o irmão do zelador, a mulher da cantina... Até um tio de Bruno, advogado experiente, tinha sido obrigado a reduzir suas pretensões salariais para encontrar uma nova colocação.

— Não sabia que ele estava ganhando quase metade do que ganhava antes. Não pensava que essas coisas de redução de salário acontecessem com gente com tantos diplomas e cursos como meu tio — tinha confessado o garoto em uma das últimas reuniões do grupo.

Mira aproveitou a realização das entrevistas para o seminário e foi conversar com tio Lino. Ficou feliz ao encontrá-lo sóbrio e animado com os **bicos** que estava arrumando. Ansioso, estava esperando resposta de um emprego com carteira assinada.

A economia informal, ou seja, aquela que não está regulamentada, vem ocupando o lugar de empresas que empregam pessoas com carteira assinada, pagando os direitos trabalhistas, como férias, 13º salário, aposentadoria etc. Os chamados **"bicos"**, antes uma forma modesta de complementar o salário, são atualmente a fonte principal de renda de muitas famílias.

O seminário rendeu boas discussões na sala de aula e mais uma vez Mira pôde perceber que havia uma realidade que, para a maioria de seus colegas, era mera abstração.

Quando o professor Eduardo elogiou a adequação da abordagem do tema e o oportunismo das entrevistas, Dida se apressou em dizer que os méritos eram de Mira, autora da ideia. Muitos alunos admiraram a sua iniciativa, mas durante o intervalo ela ouviu comentários de que aquilo não passava de **demagogia**. Percebeu, inclusive, alguns olhares de desdém. Ou seriam de inveja?

Naquela tarde, depois das aulas de reforço, Mira teve uma reunião com o professor Ricardo, que queria falar sobre o seu desempenho, o seu entrosamento com os colegas, as disciplinas em que estava tendo alguma dificuldade. Os dois estavam já terminando a conversa, quando o professor lhe anunciou:

— Mira, esqueci de lhe dizer. A professora Sandra, coordenadora titular do colégio, voltou de licença. Bom, ela ouviu falar de você e está curiosa para conhecê-la. Prometi que íamos à sala dela hoje, depois da nossa reunião. Vamos lá?

Por essa Mira não esperava. Estava cansada e querendo ir para casa. Na verdade, ela sentia certo receio daquela mulher que conhecia só de fama. E que fama ela tinha! Comentavam que era extremamente exigente e não perdoava o menor deslize.

De repente, Mira lembrou-se do comentário agressivo de um colega sobre a professora Sandra:

— Tem gente que não se enxerga, mesmo. Só porque tem um carguinho de nada acha que é muita porcaria.

"Por que será que ele tinha dito aquilo?", pensava Mira, enquanto pegava sua mochila e seguia o professor Ricardo.

Ao chegar à sala da coordenação, surpreendeu-se com uma mulher negra falando incisivamente ao telefone. E em alemão! Por momentos sentiu-se mal com o próprio espanto: estava sendo preconceituosa, igualzinha a tantas pessoas que criticava. Qual o problema de a coordenadora ser negra? Ou de uma negra falar alemão?

Tentando disfarçar a surpresa, viu a mulher fazer um sinal para ela e o professor Ricardo entrarem e se sentarem.

A **demagogia** é uma prática política que se utiliza do apoio popular para conquistar o poder. É um discurso ou ação que aparenta comprometimento com o interesse de todos, mas, na verdade, atende a objetivos pessoais e até escusos.

A Cor do Preconceito

Alguns minutos depois, a mulher desligou o telefone e se justificou:
— Queiram me desculpar, mas era importante. Professor Ricardo, imagino que esta seja a famosa Mira.
— Sim, minha aluna, quer dizer, ex-aluna, já que neste ano não estou dando aulas para o primeiro ano.

A garota, meio atrapalhada, apertou a mão muito bem cuidada que a mulher lhe estendia.
— Tenho ouvido falar de você, garota, e espero que corresponda aos elogios. Aluno, aqui, tem de honrar o nome do colégio. Ninguém é obrigado a ficar. Aliás, quem não se enquadra é convidado gentilmente a deixar o lugar para alguém mais interessado.

Mira se sentia cada vez menos à vontade diante daquela mulher de voz firme e gestos enfáticos.

O poder subiu à cabeça

"Até que ela não é feia, mas não faz a menor força para ser simpática", concluía. "Acho que a palavra sorrir não faz parte do dicionário dela."

O encontro ainda se estendeu por longos minutos, durante os quais a coordenadora lembrou mais uma vez o desempenho esperado dos alunos do Strauss, trocou impressões com o professor Ricardo e fez algumas perguntas a Mira sobre a sua vida escolar e sua família.

Ao se despedir dos visitantes, a mulher se colocou à disposição de Mira para conversar sobre eventuais problemas que ela tivesse no colégio e mesmo fora dele.

"Até parece que eu conseguiria me abrir com ela. No fundo, ela me dá medo", confessou Mira a si mesma.

Já no corredor, o professor perguntou-lhe o que tinha achado da coordenadora.

Mira preferiu não responder diretamente:

– Ah, foi só uma apresentação. Não dá para dizer muita coisa sobre alguém em tão pouco tempo.

– É, mas bem que percebi a sua surpresa ao entrar na sala.

Meio encabulada, Mira respondeu:

– É, não esperava alguém negro na coordenação do colégio. Logo no primeiro dia de aula, me disseram que só havia a professora Terê de negra por aqui...

– É que a Sandra não é exatamente professora. Há anos que ela saiu da sala de aula para assumir cargos de confiança, mais burocráticos. Ela tem esse jeito meio severo, mas é uma pessoa incrível. Acho que vocês vão se dar bem.

Mira duvidou, mas achou melhor não dizer nada. Despediu-se do professor e foi tomar o ônibus de volta para casa.

Enquanto aguardava na fila, ia repassando o seu dia no colégio. Tinha corrido tudo bem no seminário e na reunião com o professor Ricardo. Ele comentara que todos estavam satisfeitos com o seu desempenho.

De todas as imagens daquele dia, a mais forte em sua cabeça era a da professora Sandra, uma mulher negra que era coordenadora de um colégio de **elite**, onde praticamente só havia brancos entre alunos e professores, e que parecia não ter o menor problema com isso. Segura, firme, sabia se impor, sem dúvida.

As camadas mais abastadas da sociedade são chamadas de **elite**. O termo é geralmente usado para se referir a uma minoria que detém prestígio e domínio sobre a sociedade.

A Cor do Preconceito

"Agora entendo por que disseram que ela é a arrogância em pessoa", pensou consigo mesma. "Aquele jeito de olhar quando fala com a gente, olhando bem nos olhos, é de apavorar, meu!", confessou para a fiel companheira Filó, a postos como sempre na alça da mochila.

E, entre um afago e outro nos cabelos roxos da confidente, Mira imaginou ter achado a explicação para aquele comportamento seco da mulher. Ao chegar em casa, fez questão de registrá-la em seu diário:

Acho que a professora Sandra é daquelas pessoas metidas, para quem a fama e o poder sobem à cabeça. Pensam que são superiores, melhores que os outros. Bem que tinham me avisado que ela não era fácil!

O professor Ricardo disse que ela é uma pessoa legal, apesar daquele ar durão. Duvido. Vamos ver. Depois te conto se mudei ou não minha opinião sobre ela.

PS: Sabe, diário, estou aqui pensando uma coisa: falando da professora Sandra, a Patty uma vez comentou que algumas pessoas deveriam ficar no seu lugar. Será que isso tem a ver com o fato de ela ser muito exigente ou ser negra?

***

Capítulo 14

13 de maio ou 20 de novembro?

Fazia tempo que Marcos não procurava Mira para resolver suas dúvidas na escola. Às vezes, quando ele justificava as notas baixas, comentando que o professor não explicava direito a matéria, seus pais diziam que deveria pedir ajuda para a irmã. Ele, então, desconversava. Dizia que ela nunca tinha tempo.

No fundo, Marcos não sabia se era vergonha de demonstrar sua ignorância ou se era ciúme ou despeito por ela ir tão bem na escola, sem precisar de ninguém. Lembrava que até o quinto ano recorria a ela sempre que tinha dificuldades em alguma matéria. Ela explicava com paciência e não economizava em broncas, quando ele se distraía:

— Se quer aprender, tudo bem, eu explico, mas se vai ficar aí de bobeira, tenho mais o que fazer – dizia ela com cara séria.

Agora o garoto estava bem preocupado. Para lembrar a data de **13 de maio** que se aproximava, seu professor de história tinha pedido um trabalho sobre a situação dos negros no Brasil. Cada aluno deveria comparar dois textos curtos que tinha recebido, relacioná-los com o que fora visto em aula sobre a escravidão e depois apresentar as conclusões por escrito. O dia de entrega do trabalho já estava chegando e ele não tinha avançado muito.

Marcos pensou, hesitou e resolveu, finalmente, falar com a irmã, aproveitando que era feriado de **1º de maio** e todos estavam em casa.

Depois do almoço, foi até o quintal onde ela pendurava algumas roupas no varal:

Em **13 de maio** de 1888, a Princesa Isabel assinou a Lei Áurea, declarando o fim da escravidão no Brasil. No mundo ocidental, nosso país foi o último a fazer a abolição, após séculos de luta dos escravos.

A data remete à greve de operários norte-americanos em Chicago, em 1886, severamente reprimida pelas autoridades. Quatro líderes sindicais foram condenados à forca e, em sua homenagem, o **1º de maio** foi declarado Dia Internacional do Trabalhador. No Brasil, foi incluído no calendário oficial de comemorações cívicas em 1924.

A Cor do Preconceito

Concluído em 1922, o romance *Clara dos Anjos*, de Lima Barreto, é uma denúncia do preconceito racial e social, vivenciado por uma jovem mulata pobre, que vive no subúrbio carioca com seus pais.

— Mi, posso falar com você?

— Aí tem! Quando você me chama assim está querendo alguma coisa.

— Sabe o que é: depois você podia me dar uma força num trabalho? É de história. Vai somar com a nota da prova e tem umas coisas lá que eu não estou entendendo.

— Deu sorte, carinha. Já adiantei minhas lições e estou quase terminando o *Clara dos Anjos*. Me ajuda aqui, pega as meias lá no tanque e depois vamos ver qual é o seu problema.

Na sala, Luís e Sônia, que assistiam na televisão a um *show* em homenagem aos trabalhadores, ficaram felizes em ver que finalmente o filho tinha pedido ajuda à irmã. Lá iam eles para a cozinha estudar.

13 de maio ou 20 de novembro?

— Esses dois aí se entendem bem — Luís cochichou orgulhoso para a mulher.

— É, quando não brigam... — brincou Sônia.

Mira começou a ler em voz alta os textos que o irmão lhe mostrou:

Vende-se uma linda escrava de 15 para 16 annos, sem defeitos, e sabendo fazer quase todo o serviço domestico. Quem a pretender dirija-se à rua direita número 53.

(Bom senso, 05 de abril de 1852)

E não conseguiu esconder a indignação:

— Cara, isso é um absurdo!

— É um horror mesmo. Parece animal. Ainda bem que rolou o 13 de maio, senão a gente ainda ia estar na pior.

— Moleque, se liga! E por acaso você acha que estamos na melhor? Essa outra notícia aqui é de agora.

E, com a voz carregada de emoção, Mira leu:

Violência e racismo

Dentista negro de apenas 28 anos é morto pela polícia por ter sido confundido com um ladrão. Os policiais envolvidos no crime forjaram um ataque do "suposto bandido" para justificar o assassinato.

Cinco policiais foram presos no dia 3 de fevereiro sob a acusação de assassinar o dentista Flávio Ferreira Santana, colocar uma arma em sua mão e simular um tiroteio na Zona Norte de São Paulo. Flávio era negro e foi confundido com o homem que havia roubado pouco antes um comerciante.

Os policiais que abordaram Santana dizem que ele estava com uma pistola e foi morto após reagir a tiros. A versão foi desmentida pelo comerciante, dias depois, na polícia.

(Fonte: www.mundonegro.com.br em 10/02/04)

— Olha só que coisa terrível! No fundo, quase nada mudou nesse tempo todo. A cor ainda faz toda a diferença.

— Mas, Mira, não dá pra comparar a vida dos escravos com a vida de

A Cor do Preconceito

hoje. Tudo bem, até tem preconceito, essas coisas, mas agora o negro pode estudar, trabalhar.

— E continuar sendo considerado inferior, pessoa de segunda classe, como dizem.

— Mira, acho que você está exagerando...

— Marcos, não diz besteira. Outro dia fizemos um trabalho sobre desemprego e acabamos analisando a situação dos negros no Brasil. É uma vergonha: somos maioria entre os pobres, os que menos estudam, os que menos ganham, os que mais sofrem com a violência e por aí vai.

Mira pensou um pouco e decidiu:

— Vamos fazer o seguinte: vou separar algumas informações que usamos para o nosso seminário, e também um livro meu do oitavo ano... E, sabe, bem que você podia dar uma chegada na biblioteca. Não dói nada e você vai encontrar muita coisa para o seu trabalho. Mas o principal é você analisar bem o que lê, comparar com o que acontece na realidade. Sabe o que mais? Você devia pensar se temos algo para comemorar de verdade no dia 13 de maio.

E provocou:

— Sabe que tem gente que acha que só devíamos comemorar o **20 de novembro**?

— Por quê?

— Vai pesquisar pra descobrir, moleque.

Marcos gostou do desafio da irmã. Estava mesmo pensando em ir à biblioteca. E também ia discutir com o pessoal da classe. Estava curioso para saber o que os colegas pensavam do assunto. O que será que tinha acontecido em 20 de novembro?

Aquela conversa com o irmão tinha feito Mira pensar que provavelmente muitos negros não enxergavam a própria situação. Eram alienados, como sua mãe às vezes dizia. Marcos era ainda uma criança, mas gente mais velha também repetia frases feito papagaio, sem questionar se elas faziam sentido.

E ela, que acusava seus colegas do Strauss de enxergarem só o seu mundinho e de terem ideias preconceituosas sobre os pobres e os negros, acabou admitindo que também não podia falar muito. O que sabia de fato sobre os afrodescendentes, termo que tinha lido num texto ou-

Zumbi, último líder do Quilombo de Palmares, morreu em **20 de novembro** de 1695. Reconhecido por sua bravura e resistência contra a escravidão, Zumbi tornou-se símbolo da luta do negro contra a opressão. Por isso, o dia 20 de novembro é o Dia Nacional da Consciência Negra.

13 de maio ou 20 de novembro?

tro dia? Qual era a sua opinião sobre aquela história de cotas para estudantes negros nas universidades e nos empregos públicos que ouviu ser mencionada em um programa de rádio? E será que a cultura afro-brasileira se reduzia ao samba, à feijoada e à capoeira, como de vez em quando ouvia alguém dizer?

Mira reconheceu que tinha pouco conhecimento sobre assuntos relacionados aos negros. Só mais recentemente essa questão vinha chamando a sua atenção, talvez porque estivesse lendo aquele livro de Lima Barreto e porque estava pela primeira vez convivendo com uma maioria de brancos, alguns dos quais pareciam às vezes querer lhe lembrar que ela era minoria. Pelo menos, no Strauss.

Foi para o quarto, abriu a mochila e pegou o estojo de canetinhas coloridas. Anotou na agenda para não esquecer:

- Ver com o professor Ricardo indicação de romances que falem dos negros.
- Ver na biblioteca livros que falem da situação dos negros desde a abolição até os dias de hoje.
- Pesquisar sobre escritores negros.

Diante do pedido de Mira, o professor Ricardo não escondeu sua curiosidade:

— Por que esse interesse repentino em livros que falem sobre os negros, escritos por negros?

Mira hesitou um pouco, mas acabou confessando:

— Acho que só agora estou me tocando de fato de que sou negra e que isso faz muita diferença. Lá no Cruzinha era aquela misturada. De vez em quando rolava uma situação de racismo, claro, e o pessoal não deixava barato. Acho que as pessoas eram mais ligadas nessa questão. Aqui, sou a única negra e pobre na minha classe, no meio de ricos e brancos. Até agora só encontrei mais uns três ou quatro alunos negros em todo o colégio... Fica difícil não se sentir estranha no ninho.

Capítulo 15

Racista, eu?

A direção do Strauss enviou um comunicado para os pais de Mira avaliando o desempenho dela nos primeiros meses de aula. Exibindo orgulhosamente o papel com o timbre do colégio, Luís comentava:

— Escutem só: eles elogiam aqui o grau de responsabilidade da aluna, a assiduidade e a participação nas aulas e demais atividades curriculares. Parabéns, filha!

Sônia olhou, então, para Marcos, que acabava de repetir a gelatina, e falou:

— Filho, quero aproveitar pra dizer que você também está de parabéns. Até comentei com o seu pai: as suas notas melhoraram bastante. Já nem precisa ficar mais vermelho de vergonha quando vem mostrar o boletim.

— Até parece que negrão fica vermelho, mãe! Essa é a vantagem: a gente até pode sentir aquele calorzão na cara quando pisa na bola, mas ninguém percebe.

— Valeu, filhão: um a zero pra você. E agora, pra comemorar: vamos tirar a mesa, que hoje é dia da Mira lavar a louça! – concluiu Luís em tom de gozação.

Enquanto o pai e o irmão assistiam a um jogo na televisão e a mãe passava a roupa para o dia seguinte, Mira lavava a louça e viajava em seus pensamentos.

Lembrou-se de Mariana. Precisava avisar a mãe. Tinha combinado no dia seguinte, depois das aulas, ir à casa dela estudar. Dida também ia. Ao pensar no amigo, sentiu um calor no rosto. A mesma sensação que aparecia sempre que estava perto dele.

"Ainda bem que, distraído do jeito que é, não percebe nada", pensava Mira, aliviada.

Segundos depois, o pensamento era outro:

"Ainda bem por quê? Seria bom se, pelo menos, ele desconfiasse que eu o acho uma pessoa especial", corrigia Mira.

...

Naquele final de manhã, Mariana não esperou a mãe na saída do colégio, como sempre fazia. Tinha ligado para ela no intervalo e avisado que voltaria para casa de ônibus, junto com os amigos com quem ia estudar à tarde. A mulher não gostou muito da ideia de a filha voltar "sozinha", fez muitas recomendações mas acabou concordando.

"Trocar a mordomia de um carro daqueles por um ônibus! Esse pessoal tem cada uma!", não se conformava Mira.

Ao entrar em casa com os amigos, Mariana chamou pela mãe.

– Ela está tentando fazer a Marcelinha dormir, menina, e você gritando desse jeito – advertiu uma senhora simpática que, em vão, tentava repreender Mariana.

– Pessoal, esta é a Marilda, misto de cozinheira e delegada da casa – anunciou em tom gozador a menina.

– Credo, Mariana. Não sou tão chata, assim, sou? Bem, sua mãe pediu pra eu dar almoço pra vocês. Pela cara, estão morrendo de fome.

Nenhum dos três conseguiu desmentir Marilda.

Depois do almoço, a mãe de Mariana apareceu na sala onde a filha e os amigos conferiam a coleção de CDs, antes de começarem a estudar. Mira sentia-se discretamente observada por aquela mulher bonita, bem-vestida e de gestos elegantes que em nada lembrava o jeito descuidado da filha e sua incrível mecha colorida que mudava de cor a cada semana. A atual era verde. Apresentações feitas, a mulher avisou:

– Fiquem à vontade. Só agora consegui fazer a pequena dormir e vou aproveitar para almoçar.

Mariana comentava seu CD preferido com Mira, quando Dida lembrou:

A Cor do Preconceito

— Meninas, não quero ser chato, mas me parece que viemos aqui para estudar.

— Tudo bem, seu chato — concordou Mariana. — Vamos lá.

Havia mais de duas horas que eles estavam reunidos quando a mãe de Mariana veio perguntar se queriam tomar um lanche. Ela tinha nos braços uma linda menininha que logo se encantou com Mira.

— Esta é a famosa Marcelinha — anunciou Mariana, acariciando a irmãzinha.

Mira hesitou um momento, mas não resistiu e pediu:

— Ai que linda! Que gracinha. Posso segurar ela só um pouquinho? Adoro bebês!

— Pode, sim — respondeu a mãe, toda orgulhosa. — Só que ela não gosta muito de ficar no colo, não. Ela está começando a engatinhar e só quer brincar no chão.

Como para contrariar a mãe, a menininha foi para o colo de Mira e de lá parecia não querer sair. Aceitando a sugestão de Mariana, Mira resolveu dar umas voltinhas pela casa com o bebê. Dida, que não tinha o menor jeito com crianças, filho único que era e sem primos mais novos, ficou só admirando aquelas duas que se entendiam tão bem.

A campainha tocou e Mariana gritou para a mãe que estava na cozinha, providenciando o lanche da tarde:

— Deixa que eu atendo.

Alguns instantes depois, uma mulher de roupas espalhafatosas entrava na sala, cheia de agradinhos para Mariana:

— Oi, gatinha. Como vai, lindinha?

Em seguida, cumprimentou rapidamente Dida que chegava à sala e mal olhou para Mira, que vinha logo atrás dele com Marcelinha no colo. Voltou-se imediatamente para a direção do bebê:

— Vem com a titia, vem, nenê!

Meio contrariada, Marcelinha foi para o colo da mulher que, segundos depois, a devolvia para os braços de Mira:

— Pelo jeito, você se sujou, meu bem. Vai com a babá pra ela limpar você, vai.

— O quê?! — foi tudo o que Mira conseguiu dizer, ainda meio paralisada diante do que tinha acabado de ouvir.

Racista, eu?

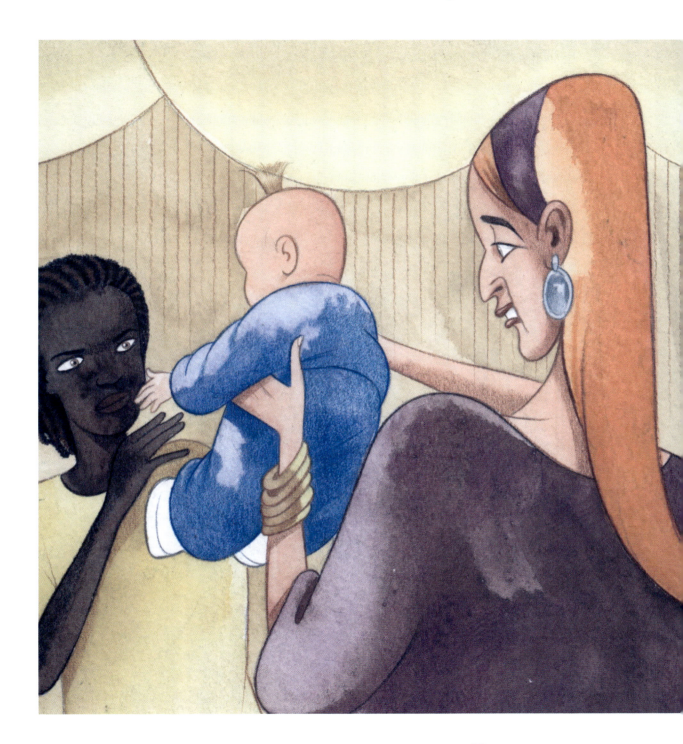

A Cor do Preconceito

Um enorme mal-estar desabou sobre o ambiente. Mira tentava esclarecer a situação, mas a voz mal saía. Dida estava constrangido demais para esboçar qualquer reação. Foi Mariana quem tomou a palavra. Em alto e bom tom:

— Esta é Mira, minha amiga do colégio. E ela NÃO é babá coisa nenhuma.

— Ela estuda no Strauss?! — a mulher não conseguiu esconder seu espanto.

— Ela tem bolsa — emendou Dida, tentando ajudar e só despertando olhares furiosos de Mariana e Mira.

— Ai, que horror! Mil perdões. Eu não tive a intenção de ofender... Mariana, como sua mãe me disse que estava procurando uma babá, eu pensei... Nunca ia imaginar que ela fosse sua amiga.

— Por que não, tia Selma? Que absurdo é esse?

Enquanto a mulher tentava se desculpar, a mãe de Mariana chegava à sala atraída pelos berros da filha mais velha e o choro assustado da caçula.

Novos pedidos de desculpas, explicações não convincentes, justificativas para o injustificável. Mira, visivelmente magoada, encarou a mulher e disse com ar decidido:

— A senhora deve ser daquelas pessoas que acham que negro só pode ser empregado, não é mesmo? Vocês, racistas...

— Que é isso, menina?! Racista, eu???

As lágrimas estavam começando a correr em seu rosto e, sem conseguir completar a frase, Mira foi ajuntar suas coisas para ir embora.

Mariana e Dida a seguiram. De nada adiantaram os pedidos da amiga para que ela tomasse uma água para se acalmar e a oferta de que a mãe a levaria para casa. Mira queria sumir o mais rápido possível dali. Dida, sem saber direito o que fazer, avisou:

— Mira, eu vou com você até a sua casa.

— Não precisa, Dida. Se era pra dizer a besteira que disse, devia ter ficado calado. Não preciso da piedade de ninguém — esbravejou Mira para um Dida de olhos arregalados.

Dentro do ônibus, Mira nem ligava para o aperto naquela hora ou a demora no trânsito. Só havia espaço no seu coração para a dor. E maior que a dor da humilhação era a dor da decepção. Aquela mulher pelo menos tinha dito o que pensava. E Dida? Vai ver que no fundo ele também a desprezava.

Ao entrar em casa, sentiu-se aliviada por Marcos ainda não ter voltado da escola. Não ia suportar as perguntas dele sobre aqueles olhos vermelhos e inchados de tanto chorar.

✳✳✳

O ABOLICIONISMO E O NOVO COLONIALISMO AFRICANO

AO LADO: EM FRENTE AO PAÇO IMPERIAL, ONDE A PRINCESA ISABEL ASSINA A LEI ÁUREA, O POVO DO RIO DE JANEIRO COMEMORA A ABOLIÇÃO DA ESCRAVIDÃO EM 1888.

A escravidão implicava a perda da liberdade, a separação em relação à família, o desrespeito à cultura e à **condição de ser humano**. Obrigados a trabalhar e a obedecer a seu dono, os escravos eram submetidos a humilhações e violentos castigos.

Amarrados ao tronco, eram açoitados com um chicote de couro ou de madeira, chamado de bacalhau; a qualquer falha, aplicava-se a palmatória; além disso, algemas, coleiras de ferro presas ao pescoço (gargalheiras), anéis de ferro que apertavam os dedos e máscaras de metal eram verdadeiros instrumentos de tortura, aplicados para aumentar o castigo e, consequentemente, o sofrimento dos escravos.

A **vida útil dos escravos** variava entre 10 e 15 anos; a jornada diária de trabalho podia exceder 12 horas; a alimentação era precária: recebiam de manhã uma ração de mandioca e uma canecada de garapa quente; depois, farinha e feijão; algumas vezes, pouca carne de porco; à noite, preparavam sua refeição com o que plantavam no dia de folga.

Os escravos viviam nas **senzalas**, geralmente uma construção forte, retangular e térrea, com uma só porta e uma ou duas aberturas no alto, sem divisões internas e em condições mínimas de higiene.

Tal situação persistiu por um longo período e foi assim que os africanos e seus descendentes produziram a riqueza da Colônia, alimentaram o comércio com a Europa, enriqueceram alguns países e geraram capital para a **Revolução Industrial**.

No século XIX, apesar da independência do Brasil em relação a Portugal, a sociedade brasileira ainda dependia da mão de obra escrava negra, como no período colonial. Todos queriam ter um escravo, pois o trabalho manual era visto com desprezo pelos homens livres, por ser associado à condição de escravo e identificado com castigo.

A industrialização na Europa modificou o conceito de trabalho e o modo de acumular capital. Exigia-se cada vez mais produtividade e consumidores em grande quantidade. Portanto, o escravo deixou de ser lucrativo, pois custava caro e sua vida útil era pequena, além de não ser consumidor de mercadorias, pois não recebia salário.

A Inglaterra começou, então, a **reprimir o tráfico negreiro**, o que encareceu a obtenção de mão de obra escrava na África. Diante das pressões inglesas, o governo brasileiro proibiu o tráfico intercontinental em 1850, com a **lei Eusébio de Queirós**.

Iniciou-se assim o período de declínio da escravidão, que ganhou impulso com o **movimento abolicionista**, organizado para a libertação dos escravos. Poetas, intelectuais, jornalistas – muitos deles negros – e políticos, por razões humanitárias e econômicas,

CASTRO ALVES, POETA DO ABOLICIONISMO.

passaram a pressionar o governo imperial. Muitos associavam a abolição ao progresso do país.

Enquanto os políticos conduziam a campanha no Parlamento e os intelectuais nos jornais, os caifazes realizavam a obra clandestina de invadir as fazendas, dar cobertura às fugas de escravos e arrumar-lhes documentos falsos. Era chamado de **caifaz** o jovem, fosse ele estudante ou trabalhador, negro liberto ou branco, que trabalhava ilegalmente para a libertação dos escravos.

Advogados negros moviam processos contra senhores; negros organizavam-se para comprar a alforria (liberdade) de companheiros. Numa chácara produtora de **camélias** na periferia do Rio de Janeiro – o quilombo do Leblon –, abolicionistas se reuniam e escravos encontravam abrigo no final do século XIX. A flor, senha dos abolicionistas em suas missões perigosas, tornou-se símbolo da luta pela abolição.

Sucederam-se, então, as **leis abolicionistas**: Lei do Ventre Livre (1871), Lei dos Sexagenários (1885) e Lei Áurea (1888). Foi a partir da promulgação dessa última que, em 13 de maio de 1888, o ex-escravo se tornou juridicamente livre no Brasil – ou seja, deixou a condição de mercadoria, de objeto de seu senhor. Contudo, passou de cativo a excluído, com dificuldades para manter sua identidade e sobreviver no mundo dos brancos, onde era discriminado não apenas por sua condição mas também por sua cor.

Nessa época, estudos no Brasil valorizaram a raça branca, que de acordo com as **ideias racistas**

OS SAFÁRIS FORAM LEVADOS PARA A ÁFRICA PELOS COLONIZADORES EUROPEUS, QUE DESRESPEITAVAM OS COSTUMES DAS SOCIEDADES LOCAIS.

existentes na Europa era considerada superior às demais. Muitos políticos e intelectuais do período associavam o progresso ao que chamavam de "raça pura". Por esse motivo, considerava-se que a mestiçagem condenava o país ao atraso, que o negro era sub-raça e que o seu trabalho era inferior ao do branco.

Com a Segunda Revolução Industrial, as potências capitalistas da Europa lançaram-se à conquista territorial da África, implantando a dominação política e cultural e a exploração econômica. Esse **novo colonialismo** foi justificado pelo que os europeus chamaram de "missão civilizadora" do homem branco, pois acreditavam que os africanos estavam em estágio inferior, que eram incultos e primitivos.

Assim, na **Conferência de Berlim** (1884-1885), a África foi dividida entre as potências europeias, sendo ignoradas as diferenças culturais e étnicas dos povos que ali viviam, bem como suas rivalidades tribais. Criaram-se então fronteiras artificiais, separando povos de uma mesma nação ou juntando nações rivais, o que aumentou os conflitos entre os próprios africanos.

Durante o novo colonialismo, os europeus menosprezaram os costumes dos vários povos africanos. Dentre eles, destaca-se, por exemplo, a relação dos africanos com os animais. Nas sociedades africanas, considerava-se que a natureza possuía uma energia vital. Os safáris, expedições de caça organizadas pelos colonizadores europeus nos séculos XIX e XX, dizimaram várias espécies de animais, o que também foi agravado pelas modificações no meio ambiente.

Após a Segunda Guerra Mundial (1939-1945), apesar da diversidade entre os povos da África, surgiu uma certa unidade no continente. Os africanos organizaram movimentos culturais, partidos políticos e lutas armadas para alcançar a independência. Esse movimento de libertação ficou conhecido como **descolonização**.

As velhas fronteiras, porém, não foram repensadas. Nasceram dezenas de países, onde as rivalidades persistiram e conflitos explodiram, reforçados pela marginalização social e estagnação econômica da maior parte do continente. Além disso, os novos países africanos passaram a ser disputados como áreas de influência dos Estados Unidos ou da União Soviética, as superpotências que se destacaram após a Segunda Guerra.

Por esses motivos, ainda hoje as guerras civis, a fome, as endemias e epidemias, os golpes de Estado, as ditaduras sangrentas, os massacres étnicos e os baixos índices de IDH aparecem nos noticiários sobre a África, ao lado de ofertas de "turismo exótico"...

A RESISTÊNCIA NEGRA

Apesar dos horrores da escravidão, o negro resistiu e lutou por sua liberdade. Diversas foram as **formas de resistência** negra no período escravista: fugas, insubmissão às regras do trabalho nas roças, abortos provocados pelas escravas para não terem seus filhos escravizados, assassinatos de senhores, feitores e capitães do mato. Além disso, também foram frequentes as revoltas e fugas coletivas dos engenhos para os quilombos.

Os **quilombos** eram comunidades constituídas por negros e negras, além de indígenas e brancos marginalizados, criadas em todas as áreas do Brasil onde a escravidão se fez presente. Inspirados nos quilombos de origem africana, foram um instrumento de resistência, uma reação à escravidão. Também chamadas de **mocambos**, essas comunidades baseavam-se na fraternidade, no bem comum e no esforço de se resgatar a dignidade dos negros que ali chegavam. Foram inúmeros os quilombos constituídos no Brasil, sobretudo nas últimas décadas da escravidão, tendo sido o **Quilombo de Palmares** considerado o maior símbolo da resistência negra na história do Brasil.

Além das formas de resistência em meio à labuta diária e também da organização de diferentes modos, com os quilombos e as insurreições, outras reações coletivas se destacaram durante o período escravista brasileiro. Conhecidas como **revoltas urbanas**, destacam-se: a Revolta dos Malês (Bahia, 1835) e outras que tiveram expressiva participação de escravos negros, como a Conjuração dos Alfaiates (Bahia, 1798) e a Balaiada (Maranhão, 1838).

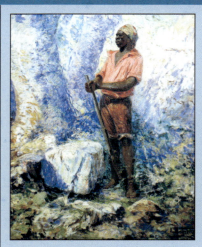

ZUMBI, LÍDER GUERREIRO DO QUILOMBO DOS PALMARES.

As revoltas, as insurreições e as formações quilombolas compõem o patrimônio de lutas de emancipação dos negros no Brasil, o que chamamos de **Movimento Negro**. Com a abolição, outros movimentos de luta se destacaram no século XX: na década de 1920, foi importante o papel da **Imprensa Negra**, em que jornais criados e dirigidos por negros denunciavam a situação de desvantagem social da população negra; na década de 1930, surge a **Frente Negra Brasileira**, voltada à integração social dos negros e que chegou a se tornar partido político cassado durante a ditadura Vargas; na década de 1940, o **Teatro Experimental do Negro** torna-se a principal referência de resistência e afirmação cultural dos negros naquele período.

A partir do golpe militar dos anos 1960, todo o Movimento Negro teve a atividade reprimida, atuando clandestinamente até os anos 1970, quando se reorganizou.

Atualmente, o Movimento Negro é composto por associações de caráter nacional, por organizações culturais e religiosas, por ONGs (organizações não governamentais) que têm como objetivo comum o combate ao racismo e à discriminação racial, a valorização da cultura negra e a inclusão social dos negros brasileiros. Por isso, o dia 20 de novembro tornou-se **Dia Nacional da Consciência Negra** e o 13 de maio foi redefinido como o **Dia Nacional de Denúncia contra o Racismo**.

A mobilização política de militantes desse movimento e de parlamentares negros culminou com a aprovação de um artigo na Constituição de 1988, referente aos remanescentes de quilombos.

Art. 216 – Inciso V, par. 5º – Ficam tombados todos os documentos e os sítios detentores de reminiscências históricas dos antigos quilombos.

Disposições Transitórias – Art. 68. Aos remanescentes das comunidades de quilombos que estejam ocupando suas terras é reconhecida a propriedade definitiva, devendo o Estado emitir-lhes os títulos específicos.

Existentes em quase todos os estados, são mais de 700 comunidades vivendo, em geral, da posse coletiva da terra, da agricultura de subsistência e da criação de animais. Em 1995, a comunidade negra de Boa Vista, em Oriximiná, no Pará, foi regularizada de acordo com o dispositivo constitucional.

NÚMEROS DO RACISMO

trabalho infantil

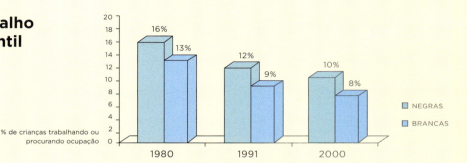

O número de crianças negras trabalhando ou procurando alguma ocupação se mantém acima do número de crianças brancas desde os anos 1980 até nossos dias.

mortalidade infantil

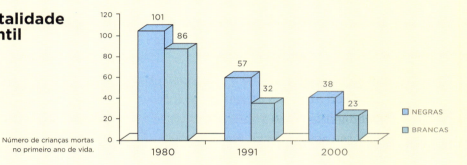

Nos últimos 20 anos, diminuiu o número de crianças mortas no primeiro ano de vida. No entanto, o número de mortes entre crianças negras ainda é maior em relação às crianças brancas.

expectativa de vida

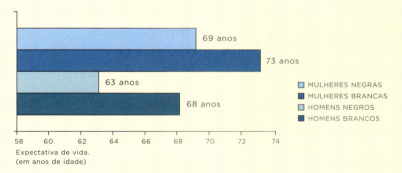

Embora as taxas de mortalidade diminuam e a expectativa de vida ao nascer (média de anos a viver) tenha aumentado para brancos e negros nos últimos anos, os negros (homens e mulheres) morrem, em média, mais cedo que os brancos.

FONTE: IBGE, 2000.

A IMAGEM DO NEGRO NA MÍDIA

A imagem do negro transmitida pela televisão brasileira ainda revela a discriminação a que está submetido. As novelas insistem em retratá-lo como indivíduo inferior, destinando-lhe geralmente papéis de escravo, malandro, trabalhador doméstico ou marginal. Somente duas novelas brasileiras tiveram **protagonistas negras**, *Xica da Silva*, por motivos óbvios, e *Da Cor do Pecado*, que vinculou a cor da protagonista negra ao pecado!

Nos telejornais, poucos são os repórteres negros e menor ainda é a presença de âncoras negros. O aumento na inserção de pessoas negras nas propagandas é reflexo da ampliação da participação dos **negros no mercado consumidor**, principalmente dos chamados produtos étnicos – cremes, xampus, maquiagem para pele negra.

Atuando no rádio, teatro, cinema e TV, Ruth de Souza, com mais de 60 anos de carreira, foi a primeira atriz negra a apresentar-se no Teatro Municipal do Rio de Janeiro. Sobre a discriminação, afirmou:

"Meu sentido de discriminação é o fato de o trabalho ser limitado. Uma grande atriz branca recebe um tipo de papel que não é oferecido ao negro. Se você não ganha um bom papel, não tem um bom contrato. O ator negro ou está desempregado ou ganhando pouco. É difícil acontecer uma história em que o negro tenha uma participação importante. Eu poderia ter realizado muito mais trabalhos não fosse a limitação do preconceito." (A cor do Brasil, caderno especial de O Globo, 20/11/2003)

A ATRIZ JACIRA SAMPAIO (NO CENTRO) VIVE UMA EMPREGADA NA NOVELA *BAMBOLÊ*: PESSOAS NEGRAS EM FUNÇÕES SUBALTERNAS SÃO COMUNS NA TV.

Sobre a imagem do negro na mídia, veja o que diz um trecho de uma música que toca nesse tema:

"Eu não sou racista mas sou radical.
Acompanhem meu raciocínio, minha opinião e tal.
Na TV parece que só o branco
É que escova os dentes, compra carro, é professor, tem profissão...
O negro só aparece como empregado, vendendo bebida ou pagando prestação
Quando vê um gato pingado acha que tá muito bom"

("A imagem", letra de Thaíde e Maionese, música DJ Hum)

MÃE PRETA

Também conhecida como **ama de leite**, mãe preta era a negra que tinha a incumbência de amamentar e cuidar dos filhos da senhora branca.

Contadora de histórias, exercia forte influência cultural e afetiva sobre as crianças que criava. **Raul Bopp**, importante poeta modernista, que fundiu na linguagem de sua poesia as vozes indígenas e africanas, fez uma homenagem a essa negra em um poema.

MÃE PRETA COM MENINO BRANCO.

"Mãe preta, me conta uma história.
Então fecha os olhos, filhinho:

'Longe, longe
era uma vez o congo.
Depois…'

Os olhos da preta velha pararam.
Ouviu barulho de mato no
fundo do sangue.
Um dia
os coqueiros debruçados naquela
praia vazia.
Depois o mar que não acaba mais.

Depois…
Ué, mãezinha, por que você não
acaba o resto da história?"

(Raul Bopp)

LAVAGEM CEREBRAL

"O racismo é burrice
Mas o mais burro não é o racista
É o que pensa que o racismo
não existe
O pior cego é o que não quer ver
E o racismo está dentro de você
(…)
E de pai para filho o racismo passa
Em forma de piadas que teriam
bem mais graça
Se não fossem o retrato da nossa
ignorância
Transmitindo a discriminação
desde a infância
E o que as crianças aprendem
brincando
É nada mais nada menos do que
a estupidez se propagando

Qualquer tipo de racismo não
se justifica
Ninguém explica
Precisamos da lavagem cerebral
pra acabar com esse lixo
que é uma herança
cultural"

(Trecho da música "Lavagem cerebral", de Gabriel, o Pensador, 1993)

Capítulo 16
Peixe fora d'água

Ao voltar do trabalho, Sônia estranhou quando Marcos lhe disse que Mira estava deitada. Preocupada, foi ver o que estava acontecendo:

– O que você tem, filha? – perguntou ao entreabrir a porta do quarto.

– Dor de cabeça forte, mãe. É só descansar que passa.

– Vamos jantar. Você não pode dormir sem comer nada.

– Estou sem fome.

Sônia acendeu a luz, entrou no quarto e se aproximou do beliche:

– Mira, eu te conheço. Aconteceu alguma coisa, não aconteceu?

Ela ainda tentou desconversar, mas acabou revelando que tivera problemas na casa de Mariana. E diante das insistentes perguntas da mãe, relatou o acontecido.

A reação de Sônia foi explosiva:

– Mira, quem essa mulherzinha pensa que é?! Na cabeça dela, todo preto tem de ser empregado? Pessoas assim tinham de ser presas pra deixar de ser ignorantes.

E, acariciando o rosto da filha, onde se notava muita tristeza em um olhar normalmente luminoso, concluiu:

– Você fez muito bem em responder pra ela e sair daquela casa. Sabe, filha, dizem que o mundo progrediu, que as pessoas hoje são mais esclarecidas, mas, no fundo, o preconceito é o mesmo. Acho que o que está mudando é a cabeça dos negros, pelo menos de alguns que reagem e botam a boca no mundo.

A Cor do Preconceito

Sônia convenceu Mira a jantar. Apesar do aspecto abatido da garota, Luís e Marcos preferiram não fazer comentários:

— Melhorou a dor de cabeça, filha? — perguntou Luís por perguntar. Sentia que o problema era outro. Depois conversaria com Sônia a respeito.

Na manhã seguinte, Mira acordou com a cabeça pesada, sem vontade de ir para o colégio. Era a primeira vez que sentia aquilo. Enquanto se arrumava no banheiro, conversava com Filó:

— Não estou nem um pouco a fim de ver a cara do Dida. Acho que não queria vê-lo nunca mais. E também não estou a fim de falar com a Mariana. Ela é legal, parece ser minha amiga, mas não sei... às vezes fico me perguntando até que ponto as pessoas gostam realmente de mim. Lembrar de mim na hora de pedir explicação, todo mundo lembra, mas na hora das festas, das baladas, nem pensar. Bom, é verdade que, se me convidassem, ia ser um problema: onde ia arranjar roupa e grana para ir aos lugares que eles vão? Bom, mas isso também não justifica a atitude deles...

No colégio, não conseguia se concentrar. Seu olhar distraído na aula de história até lhe rendeu uma advertência da professora:

— Mira, Planeta Terra chamando! Hora de discutir o texto.

Sem qualquer ânimo, lá foi ela se juntar ao seu grupo e, a contragosto, enfrentar a proximidade com Mariana e, principalmente, com Dida.

Por mais que se esforçasse, estava difícil se envolver na discussão. Patty não perdeu a oportunidade de provocar:

— Você está diferente. Será que está apaixonada?

— Não estou e se estivesse não era da sua conta — respondeu Mira, em tom agressivo.

— Tá bom, tá bom. Não está mais aqui quem falou.

Em casa, Luís estava preocupado com a filha: aquele olhar cheio de brilho e aquele entusiasmo ao falar do colégio haviam desaparecido. Quando ele tentava sondar o que se passava, ela fugia do assunto.

O professor Ricardo também notou que Mira estava diferente. Ao falar com os colegas, descobriu que a participação dela em sala de aula e a convivência com os outros alunos não eram as mesmas. Ficava longos períodos na biblioteca e tinha faltado em duas aulas de reforço. Resolveu chamá-la para uma conversa.

– Mira, onde está aquela aluna interessada, vibrante que eu conheci?

Calada, a garota buscava palavras em vão para explicar o momento que vivia.

– Ninguém muda assim, do dia para a noite, sem razão. Você sabe que pode contar comigo. Aliás, faz tempo que não conversamos sobre a vida. Falamos só do colégio, das notas, das disciplinas... Olhe pra mim: o que está acontecendo?

Com os olhos querendo lacrimejar e depois de um longo suspiro, Mira reconheceu:

– Sei que dei uma vacilada, mas vou recuperar. Acho que não estou numa boa fase. Sabe aquelas coisas que falam de **inferno astral**? – tentou brincar, mas o olhar traía sua tristeza.

– Mira, não estou falando do colégio. Estou falando de você. O que está acontecendo?

As lágrimas insistiam em escapar dos olhos da menina, que se esforçava para conter a sua dor.

– Às vezes fico me perguntando se o Strauss é pra mim. Aqui só tem branco, rico e gente preconceituosa.

– Não seja injusta. Você tem muitos amigos aqui. Gente que gosta de você.

– Será mesmo? E se eu fosse péssima aluna, será que iam gostar de mim?

Enxugou rapidamente as lágrimas e continuou:

– Sabe, professor, nunca tinha me sentido uma intrusa, como agora. Na minha classe, sou a única negra no meio de muitos brancos. Um verdadeiro peixe fora d'água, como dizem.

– Mira, vivemos em uma sociedade hipócrita que alardeia que preconceito não existe. É uma farsa, sei disso, mas passar a ver todo mundo que não é como você como inimigo em potencial é também uma atitude preconceituosa.

– Professor, me desculpe, mas fica fácil dizer isso quando se conhece preconceito só de ouvir falar.

*Segundo a Astrologia, o mês que antecede o aniversário de uma pessoa é um período em que ela passa por situações difíceis ou tem de enfrentar algum problema. Esse período é chamado **inferno astral**.*

105

A Cor do Preconceito

— Mira, não só os negros são discriminados.

O homem ficou em silêncio por alguns minutos e depois, assumindo um ar sério, falou:

— Mira, você não sabe, mas sou judeu; pertenço a um povo que ao longo dos tempos conheceu na própria pele os horrores da discriminação, da violência, do **holocausto**.

Com voz ainda mais emocionada, o professor continuou seu relato para uma Mira que a tudo ouvia atentamente:

— Meu avô paterno nasceu em uma pequena cidade da Alemanha. Lá tornou-se um homem feliz, ao lado de seus dois grandes amores: sua família e seus alunos. Quando estourou a Segunda Guerra, seu mundo esfacelou-se. Minha avó adoeceu e, sem os devidos cuidados, logo morreu. Alguns meses depois, meu avô foi fuzilado na frente dos filhos. Seu crime: ser judeu e querer defender um homem doente. Meu pai e sua irmã Lina, ainda crianças, foram mandados para um orfanato e dali para um campo de concentração. Por milagre, meu pai conseguiu se salvar daquele inferno, mas minha tia não teve a mesma sorte.

— Professor, eu não sabia dessa história — era tudo o que Mira conseguia balbuciar.

— Pois é, Mira. Só de olhar para as pessoas não dá para saber o que vai na alma delas. Cresci ouvindo as lembranças terríveis de meu pai e, ao mesmo tempo, sua defesa apaixonada do respeito entre os homens, da tolerância, o combate incisivo que pregava a qualquer tipo de discriminação. Dizia que era a herança maior que seu pai tinha lhe deixado e queria passá-la para nós, seus filhos. Foi por meu pai e pelo meu avô que me tornei professor, Mira. Foi o jeito que achei de continuar a luta deles. Trabalhar em comunidades carentes, participar de **ONGs** que defendem os direitos humanos e denunciam movimentos **neonazistas**, inclusive aqui no Brasil, ajudar alunos a se realizar na vida, tudo isso faz parte do compromisso que assumi.

E revelou algo que parecia sair do fundo das suas lembranças:

— Quando comecei a me dedicar a esse trabalho mais social, digamos assim, meu pai, um judeu alemão, brasileiro como poucos, me disse: "Filho, você está devolvendo pra alguns filhos desse país um pouco da esperança que aqui eu recebi quando cheguei depois da guerra".

Na atualidade, **holocausto** designa o massacre de judeus e outros grupos (adversários políticos, comunistas, homossexuais, deficientes, ciganos, eslavos) nos campos de concentração nazistas, durante a Segunda Guerra Mundial (1939-1945).

ONGs são organizações não governamentais que atuam na defesa dos direitos civis, econômicos, sociais e culturais, desenvolvendo projetos sociais, monitorando e/ou propondo políticas públicas de iniciativa governamental de interesse da sociedade.

Neonazismo é o nome dado aos movimentos racistas inspirados no nazismo, que arregimentam jovens e desenvolvem ações violentas contra grupos específicos — negros, judeus, homossexuais etc.

Depois de um breve silêncio, o professor Ricardo voltou-se para Mira:

– Quer um conselho? Já que você está se sentindo um peixe fora d'água, vá conversar qualquer dia desses com a professora Sandra. Vocês têm mais coisas em comum do que imagina.

Ainda muito emocionada, Mira não tinha certeza de que fosse uma boa ideia, mas prometeu pensar.

✳✳✳

CAPÍTULO 17
Aprendiz de guerreira

A professora de português veio com a novidade: o Strauss ia receber dali um mês a visita de um educador famoso e alguns alunos seriam escolhidos para recepcioná-lo. Cada classe deveria indicar seu representante para a comissão de alunos que faria um pequeno discurso de boas-vindas ao visitante e se encarregaria de relatar para ele a história e as conquistas do colégio.

A eleição foi antecedida de uma certa algazarra: candidatos se ofereciam e outros rogavam para que fossem esquecidos pelos colegas. Depois de alguns minutos, a professora começou a apuração.

A disputa que começou bem equilibrada entre três ou quatro alunos, ao final se definiu: com cinco votos a mais do que o segundo colocado, Mira foi a escolhida. Surpresa da eleita, festa dos colegas, cumprimentos da professora.

Por mais que tentasse, Mira não conseguia ficar muito feliz com aquela eleição. Ainda estava magoada com os acontecimentos recentes na casa de Mariana e se questionava se fazia mesmo parte do Strauss.

Além disso, sua cabeça andava ocupada com as leituras que vinha fazendo sobre os negros brasileiros: da chegada dos primeiros escravos, passando por Zumbi até a decretação da Abolição, da situação econômica no passado à realidade atual, tudo a interessava mais e mais. Percebeu que os negros brasileiros eram saudados por suas muitas conquistas nos esportes e destaque obtido na música e, claro, no carnaval. Já os seus feitos na área intelectual nem sempre eram devidamente divulgados.

Aprendiz de guerreira

Às vezes, durante uma leitura, Mira tinha vontade de chorar de indignação; em outras ocasiões, as informações a deixavam boquiaberta:

— Puxa! Nunca ouvi falar disso! — exclamou em voz alta em plena biblioteca quando descobriu a importância de André Rebouças, um negro pioneiro da engenharia brasileira.

E como se emocionou ao ler a biografia de Cruz e Sousa, poeta e jornalista que dava nome ao Cruzinha, o colégio tão querido em que estudara desde a 1ª série. Descobriu que aquele filho de escravos libertos tinha se tornado um artista inovador e um dos grandes lutadores contra o preconceito racial.

A dúvida sobre participar ou não daquela comissão de alunos acabou quando, ao entrar no banheiro, Mira surpreendeu uma conversa entre duas colegas de classe que não perceberam sua chegada:

— Tudo bem, ela é legal, inteligente, mas daí a representar a nossa turma, nada a ver. Ela é negra, vamos falar francamente. Que imagem esse educador vai fazer do nosso colégio?

— De um colégio racista! — ouviu-se a voz indignada de Mira.

As garotas abriram a porta a tempo de vê-la sair apressada do banheiro.

No dia seguinte, Mira comunicou à professora que estava desistindo do convite, pois tinha medo de que as reuniões atrapalhassem seus estudos.

Ao saber da decisão da garota, a coordenadora quis conversar com ela depois das aulas. Assim que o sinal tocou, Mira respirou fundo e lá foi para a sala da professora Sandra, como quem vai passar pelo detector de mentiras. Sabia que suas explicações dificilmente convenceriam a mulher, que faria de tudo para saber o verdadeiro motivo da desistência.

— Pode entrar, Mira. Sente-se. Acho que está na hora de a gente conversar. Por que o pedido de dispensa da comissão de alunos? O que está acontecendo?

— Nada, não – justificou Mira. – É que eu ando muito ocupada. Preciso me recuperar em algumas matérias.

— Isso não me convence. As reuniões não vão tomar tanto tempo assim.

— Bom, é que... sabe, para ser sincera, não estou a fim – continuava Mira.

André Pinto Rebouças (1833-1898) era filho de um negro autodidata que recebeu autorização para advogar no Brasil Império. André Rebouças formou-se engenheiro, especializou-se na Europa e, de volta ao país, trabalhou, assim como seu irmão Antonio, na reforma de portos, construção de ferrovias e edificações. Foi também abolicionista.

João da Cruz e Sousa (1861-1898), poeta, filho de escravos, foi figura principal do Simbolismo, movimento literário que surgiu no Brasil na última década do século XIX. Nasceu em Santa Catarina, mas viveu no Rio, onde publicou *Missal* e *Broquéis*.

A Cor do Preconceito

A professora Sandra não aceitou a resposta:
— Mira, tenho a impressão de que está enfrentando algum problema. Talvez de adaptação ou quem sabe até de identidade.
— Como assim?! — Mira parecia não entender aonde aquela mulher queria chegar.
— Garota, eu já passei pelas mesmas situações que você está passando. Eu não tinha com quem me abrir ou imaginava que não tinha e por isso sofri muito. Mais do que era preciso. Mira, sei muito bem que não é fácil ser negro e pobre neste país e, se for mulher, aí é que as coisas se complicam de vez.
— Por que a senhora está me dizendo isso? — balbuciou Mira, lançando um olhar meio choroso para a mulher.
— Soube que você teve um incidente muito desagradável recentemente na casa de uma colega e parece que antes de ontem no banheiro...

— Já vieram contar para a senhora? — Mira não se conformava com tamanha indiscrição.

— Isso não vem ao caso agora. Eu só queria que você soubesse que o preconceito está aí e não dá para fingir que não existe. Gente como nós a todo momento está sendo vítima de preconceito ou presenciando uma cena de discriminação, ostensiva ou camuflada.

Mira começava a perceber naquela mulher uma sensibilidade que ela não imaginava. E o relato continuava em tom quase de confissão:

— Quando tinha a sua idade, muitas vezes entrava em uma loja e não era atendida ou então chegava um freguês e achava que eu era uma funcionária. Como isso me dava raiva! Mais tarde, na faculdade, saía com a turma e, se eu chamava o garçom, ele fingia que não ouvia. Bastava um dos meus colegas brancos acenar e ele vinha rapidamente. Logo que mudei para a casa onde moro, estava fazendo limpeza quando a campainha tocou. Atendi e o carteiro que trazia uma pacote com selo da Alemanha me perguntou se a patroa estava.

Mira sentiu a voz daquela mulher tão decidida e tão segura de si fraquejar.

— Eu poderia ficar horas e horas desfilando casos e mais casos em que a cor da minha pele levou as pessoas a me julgarem como inferior, como coitadinha, a me tratarem mal. Isso dói e dói muito, Mira. Apesar da pouca idade, você já deve saber bem disso. Mas sentar e chorar, ignorar a questão, fingir que não foi com você ou mesmo partir para a agressividade pela agressividade não adiantam nada. É preciso não deixar que atinjam o que temos de mais precioso: a nossa **autoestima**. Se passamos a acreditar no que alguns querem nos fazer acreditar – na nossa inferioridade –, aí então seremos mesmo inferiores.

Mira, que havia chegado tão contrariada àquela sala, aos poucos ia se sentindo mais à vontade com aquela mulher. Quem poderia imaginar que por trás daquela voz autoritária, daqueles gestos duros, daquele rosto de sorriso difícil havia uma mulher sensível e solidária?

Parecendo adivinhar os pensamentos de Mira, a professora Sandra continuou:

— Quem me vê neste cargo nem imagina tudo o que já passei e como foi longo o caminho até aqui, Mira. Costumo dizer que, na corrida da

---

Sentimento que provém da autovalorização; refere-se à imagem que a pessoa tem de si mesma. Preconceito e discriminação abalam a **autoestima** do indivíduo.

vida, os negros já saem com muitos metros de desvantagem em relação aos brancos; se forem pobres, esses metros se transformam em quilômetros e, se forem mulheres, então, esses quilômetros têm com certeza mais de mil metros cada um!

E, olhando carinhosamente para Mira, completou:

— Hoje tenho o respeito das pessoas porque provei que tinha capacidade, competência. Mas só isso não teria bastado se eu não me fizesse respeitar, se não tivesse bancado a guerreira, falado alto muitas vezes e cobrado o respeito que merecia. Muita gente me acha arrogante, eu sei. E não pense que a guerreira tem descanso: ainda hoje, com toda a qualificação e experiência e com a boa condição financeira que consegui, graças ao esforço do meu trabalho, não é raro eu ter de enfrentar olhares desconfiados sobre mim.

Aproximando-se de Mira, ofereceu a mão e arrematou:

— Sei que dentro de você tem uma guerreira também, talvez uma aprendiz ainda. Não a deixe morrer nunca e conte com essa guerreira mais velha toda vez que precisar desabafar ou quiser comemorar. Porque felizmente a vida não é só dor.

Em vez de apertar a mão da professora Sandra, Mira deu-lhe um abraço e prometeu a si mesma que, dali por diante, tentaria abrir o coração para aquela mulher tão especial.

✳✳✳

Capítulo 18
As aparências enganam

O encontro com a professora Sandra mexeu muito com Mira. Ela pressentia que dali poderia nascer uma amizade, talvez tão intensa quanto a que ela tinha com o professor Ricardo. Nos dias seguintes, todos perceberam que a antiga Mira, vibrante com tudo que fazia, estava ressurgindo.

Ela foi a primeira a cumprimentar Marcos quando ele anunciou que o seu trabalho de história tinha sido elogiado. A partir da conversa que tivera com a irmã, ele começara a se interessar mais pela questão dos negros. Tinha seguido o conselho dela, ido à biblioteca, lido outros textos, trocado ideias com os amigos. Até um trecho de uma letra de *rap* ele colocara no trabalho para mostrar que, como dizia Mira, não havia muito o que comemorar no dia 13 de maio.

Mira sentiu-se orgulhosa do irmão e começou a desconfiar que ele talvez já não fosse tão criança e ingênuo como ela imaginava.

— Parabéns, moleque. Assim você vai continuar sendo meu irmão predileto.

Luís e Sônia se olharam satisfeitos. No íntimo, desejavam que os filhos fossem sempre unidos e se tornassem vencedores num mundo tão difícil.

No Strauss, Mira estava envolvida com a Comissão de Alunos e com a Feira Cultural que estavam organizando para encerrar o semestre, dali a pouco mais de um mês. Alunos e professores mostrariam seus talentos artísticos cantando, declamando, atuando, dançando...

A Cor do Preconceito

O que mais a deixava feliz, no entanto, era ter se reaproximado de Mariana e Dida. Reconhecia que isso só não tinha acontecido antes por culpa dela. Eles bem que tentaram falar com ela logo depois daquele episódio na casa de Mariana, mas ela os tinha evitado.

Mais uma vez foi a despachada Mariana quem resolveu a situação. Sem dizer nada, ela deixou um bilhete na carteira da amiga:

Mira,
Gostamos muito de você e não aceitamos mais a distância. Se você não falar com a gente agora, eu, Mariana, vou raspar a cabeça e só deixar minha mecha lilás, cor da próxima semana. E eu, Dida, vou usar gel e pentear diariamente os cabelos. Você não vai querer que a gente pague uma comédia dessas, não é?

As aparências enganam

Uma caricatura engraçada mostrava a cara dos dois, caso a ameaça fosse cumprida.

Mira não resistiu: caiu na risada, se aproximou de Mariana e Dida que a observavam de longe e deu um abraço carinhoso nos dois. Prometeram esclarecer de vez a situação.

– Não tenho aula à tarde e podemos conversar hoje mesmo, se vocês quiserem.

– E você acha que eu não sabia?! – perguntou Mariana, com ar divertido. – Escolhi a data a dedo para lhe entregar o bilhete. Assim você não teria mesmo como escapar.

Mariana e Dida ligaram para suas casas e avisaram que naquela tarde iam ficar no colégio. Só então Mira lembrou que tinha prometido dar uma passada na casa dos avós. Eles andavam reclamando de seu sumiço. Telefonou para eles e explicou que precisava adiar a visita. Assuntos do colégio.

A resposta da avó a fez balançar:

– Que pena, Mira! Justo hoje que fiz pão de queijo especialmente pra você!

Ela engoliu em seco, já sentindo o sabor daqueles pães que só a avó sabia fazer e prometeu a si mesma ir visitá-la na semana seguinte, com segundas intenções, como Marcos dizia que eram todas as visitas dela àquela casa onde sempre tinha alguma surpresa comestível.

Mira e seus amigos foram para a lanchonete da esquina. Sentaram-se, colocaram as mochilas na mesa e Dida foi pegar refrigerantes. Lá do outro lado, ela viu a colega que tinha criticado a sua eleição como representante da classe e que, desde o incidente no banheiro, passara a evitá-la...

– Estou tão feliz que a gente fez as pazes, Mira – confessou Mariana, olhando com carinho para a amiga. – Aliás, fez as pazes não, porque eu não briguei com você. Brigar, briguei mesmo com a "tia" Selma, aquela perua, amiga da minha mãe. Quem ela pensa que é? – inflamava-se a garota.

– Calma, Mariana. Vamos esquecer aquilo. Acho que depois do que ouviu, ela vai pensar duas vezes antes de tirar conclusões apressadas e preconceituosas.

– Por falar em conclusões apressadas, acho que você também cometeu esse erro – observou Dida, que voltava com as latinhas de refrigerantes e um pacote de salgadinhos.

– Como assim? – quis saber Mira.

– Você fugiu da gente. Parece que estava nos acusando pelo que aconteceu. Nada a ver.

Mira abaixou a cabeça e reconheceu, um tanto envergonhada:

– É, acho que pisei na bola. Sei que vocês são meus amigos, mas é que fiquei tão louca com a situação que misturei as coisas. Vocês não têm ideia do quanto dói ser discriminado pela sua cor. As pessoas olham pra você e pensam: "É negro, então deve ser o empregado". Isso quando não o consideram bandido.

Os olhares, visivelmente emocionados de Mariana e Dida, acompanhavam atentamente o desabafo de Mira.

Dida resolveu fazer um aparte:

– Mira, é claro que eu só posso imaginar como deve ser horrível passar por uma situação dessas. Não sinto isso na pele, mas queria dizer que pra nós brancos a questão do preconceito é também muito complicada. Você é a primeira amiga negra que tenho e confesso que às vezes não sei como lidar com as pessoas que não são brancas. Uma palavra infeliz e você pode ofender o outro, um gesto inocente e você pode ser mal entendido.

– Como assim, gesto inocente? – quis saber Mira.

– Vou contar pra vocês o que aconteceu comigo nas férias. Estava no *shopping* procurando um presente para a minha prima. Não sou bom nessas coisas e sou pior ainda em guardar onde ficam as lojas.

– Aposto que as lojas de *games* você sabe direitinho onde ficam – comentou Mariana, lembrando o quanto o garoto era fanático por jogos de computador.

– Ah, estou falando de outras lojas, você entendeu, Mariana.

Exibindo um ar de contrariedade por ter sido interrompido, o garoto continuou:

– Eu estava meio perdido no corredor do *shopping* e na minha direção vinham dois carinhas negros e que me olhavam meio desconfiados. De repente, eu tirei o celular da cintura no momento em que eles cruzavam comigo. Ia ligar pra minha mãe pra saber o nome da loja.

As aparências enganam

Eles pensaram que eu tinha feito aquilo de propósito, achando que eles fossem trombadinhas. Um deles começou a me xingar: "Ô, mano, deixa de ser trouxa. Ninguém aqui é ladrão, não. Pode ficar com seu celular de merda. Ninguém quer ele, não". Um segurança ouviu a discussão e já veio querendo enquadrar os dois. Eu tive de insistir com ele que estava tudo bem.

Dida parecia emocionado:

— Que droga de mundo esse, onde dois carinhas por serem negros e estarem batendo boca com um garoto branco com jeito de filhinho de papai são considerados culpados de seja lá o que estiver acontecendo até prova em contrário.

— Puxa, mas eles também foram preconceituosos! — comentou Mariana. — Nem todo branco é um sacana que quando vê um negro logo pensa que é ladrão, vagabundo e outras besteiras.

— É verdade, mas, sabem, fiquei muito mal com essa história. Só foi pior, Mira, quando rolou aquela história na casa da Mariana. Queria lhe dizer isso, mas não consegui. Acho que fui meio vacilão, sei lá. Às vezes me enrolo todo com as palavras: você viu só a besteira que falei sobre você ter bolsa no Strauss. Não sei como pude ser tão estúpido.

Mira teve vontade de pegar na mão de Dida e dizer que tudo bem, que ele era muito especial para ela, mas se conteve.

Em seu lugar, Mariana falou:

— É, pessoal, como diz meu pai, preconceito é uma questão que tem a ver com todo mundo. Não importa a cor nem a condição social. Temos de lutar contra qualquer tipo de discriminação. Estamos todos no mesmo barco.

✳✳✳

Capítulo 19
De volta às origens

A conversa com Mariana e Dida tinha sido ótima. Mira despediu-se dos dois, sentindo-se de bem com a vida e agitando Filó para comemorar aquela reconciliação.

Ia caminhando para tomar o ônibus e voltar para casa quando cruzou com alguém conhecido. Era tio Lino. Havia muito tempo Mira não o via tão bem.

– Oi, tio. Que faz por aqui?!

– Mira, você vai ser a primeira a saber – anunciou ele, entusiasmado. – Consegui aquele emprego que estava esperando. Falei sobre ele na última vez que a gente se viu, lembra? Agora vou fazer os exames médicos para admissão.

Mira deu um abraço carinhoso no tio. Emocionado, ele falou baixinho para ela, como se não quisesse que o escutassem:

– Não conta pra ninguém, mas comecei a frequentar o AA. Os Alcoólicos Anônimos, sabe? Seu pai me convenceu. Acho que vai dar tudo certo...

– Claro que vai, tio. Manda um beijo pra tia e pros meninos. E não some, hein!

Mira chegou em casa feliz. Tinha sido um grande dia.

Agora ela e a professora Sandra conversavam sempre. E os assuntos não se referiam apenas ao Strauss. Falavam da vida, do momento de descobertas que Mira estava vivendo. Em suas leituras, cada vez mais se interessava por temas ligados aos negros, e encantava-se com a **África**, sua multiplicidade de povos, culturas e riqueza artística.

Em 2003, o governo brasileiro instituiu a obrigatoriedade de incluir a história da **África** e da cultura afro-brasileira nos currículos das escolas públicas e privadas de ensino fundamental. Você já pensou na enorme contribuição do povo africano para a sociedade brasileira?

De volta às origens

Entre as muitas histórias que o Vô Pedro costumava contar, suas preferidas eram aquelas que envolviam as festas, os costumes e as tradições de outros tempos. Ela começava a descobrir a origem de muitas daquelas manifestações populares. Um dos livros emprestados pela professora era justamente sobre a ligação da África com o Brasil.

Mira tinha uma curiosidade imensa para saber mais e mais de seus antepassados, os mais próximos e os mais distantes. Por isso, vivia conversando sobre o assunto com seus pais e seus avós.

Em seu diário, registrou o momento importante que estava vivendo:

> Acho que nunca me senti tão verdadeiramente negra como agora. Entendo o que o meu pai disse uma vez sobre os tempos em que ele usava cabelo rastafári e se sentia negro por inteiro. Sabe, estou me sentindo assim, com muita vontade de assumir de vez minhas origens. Eu, Mira, negra por inteiro.

Durante o almoço de domingo, Sônia surpreendeu-se com o pedido de Mira:

— Mãe, será que dá pra tia Mabel trançar o meu cabelo? Só que desta vez vou querer tranças soltas e bem compridas!

— Por que isso agora?! E aquela história de o pessoal do colégio ficar te enchendo de perguntas?

— Ah, mãe. Não estou nem aí. A gente tem que usar o que gosta, o que tem a nossa cara, não é, pai?

— Isso mesmo, filha. Estou gostando de ver. Se pudesse, eu também voltaria a usar o meu cabelo rastafári, mas acho que o chefe não ia achar uma boa ideia...

Marcos, que até então observava tudo em silêncio, apoiou a irmã:

— Legal, Mira. E eu acho que vou pedir para a tia alisar os meus cabelos. Estou pensando em mudar o penteado, vou deixar só aquele topete arrepiado, tipo **moicano**.

— Ai não, filho. Nem pensar. Prefiro seus cabelos assim, mesmo sem ver pente por dias e dias — confessou Sônia.

Ficou combinado que Mira ia falar com a tia e ver se ela poderia trançar o seu cabelo no próximo domingo. Era o único dia em que as duas poderiam ficar horas e horas só por conta das tranças.

Moicanos eram um dos grupos nativos da América do Norte, da família linguística algonquiana. O estilo do seu corte de cabelo é copiado por jovens hoje em dia, numa demonstração de rebeldia. O penteado consiste numa crista de cabelo, pintada ou não, e o resto da cabeça raspada.

119

A Cor do Preconceito

Na segunda, recebeu um recado do professor Ricardo, convocando-a para uma reunião urgente. Assustou-se. Tudo ia bem: suas notas estavam boas, a convivência com os colegas tinha voltado à normalidade e até estava se entendendo melhor com a chata da Patty, que, aliás, estava bem menos chata do que no início das aulas. A recepção ao educador ilustre também estava praticamente pronta. O que podia ser?

Depois das aulas, ela foi para a sala dos professores e, ao chegar, surpreendeu-se ao ver que vários alunos já estavam lá e outros mais chegavam, inclusive aquele garoto que ela via de vez em quando e que achava esnobe, sempre cercado de meninas. Tinha descoberto que o apelido dele era "**Negro Gato**".

"Ele deve se achar o máximo", pensou.

Logo que o grupo se completou, o professor Ricardo começou as explicações:

— Pessoal, boa tarde a todos. A maioria de vocês aqui são meus alunos e já sabem o objetivo dessa reunião, os outros vão descobrir agora. Nosso colégio, dentro das tradições pedagógicas que o regem, com sua preocupação em formar cidadãos conscientes e socialmente responsáveis, não meramente pessoas capacitadas para o exercício de determinada profissão, resolveu implantar a partir do próximo ano um projeto de parceria com algumas escolas públicas.

Diante dos olhares atentos dos alunos, o professor continuava a expor o projeto:

— Como não é novidade para ninguém, vivemos num país de grandes contrastes sociais. Na nossa própria cidade, dentro de uma faixa de alguns quilômetros, encontramos colégios de ponta, que têm a elite como clientela, e escolas que atendem a uma população carente de todo tipo de recurso, informação e mesmo formação. Acreditamos que uma parceria pode ser um bom caminho para diminuir essas distâncias.

— E como vai ser isso, professor? – quis saber um aluno mais impaciente.

— Bom, além de promover atividades conjuntas entre os alunos de diversas escolas, vamos desenvolver programas sociais para aproximar jovens de realidades diferentes para a discussão de problemas que dizem respeito a todos nós, como segurança, emprego, discriminação, ecologia,

*Luiz Melodia, negro e famoso músico brasileiro, recebeu esse apelido depois que gravou a música de mesmo nome, composta por Getúlio Cortes. Seu refrão diz "eu sou um **negro gato** de arrepiar".*

De volta às origens

defesa do patrimônio público. Estamos começando a definir essa parceria e a participação de vocês, alunos, é fundamental. Formaremos grupos de discussão e conto com o envolvimento de todos.

Mira logo se entusiasmou com a ideia. Ainda mais quando descobriu que entre as escolas que faziam parte daquela parceria estavam o Cruzinha e o Luís Gama, onde estudavam seus velhos amigos Cristina e Rafa.

De imediato foram formadas várias comissões de alunos. Ela optou por ficar no grupo que se encarregaria do tema da discriminação. Pa-

A Cor do Preconceito

ra sua surpresa, viu que Leonardo Schulmann, o Negro Gato, também estava lá. Imaginava que ele não se importasse com esse tipo de discussão! Que engano! Durante as apresentações ela fez uma descoberta surpreendente: ele era filho de pai alemão e mãe brasileira negra, havia vivido um tempo na Alemanha e participava de organizações antirracistas daqui e de lá.

Mira não perdeu tempo e foi logo telefonando para a Cristina e o Rafa. Surpresos com o telefonema, eles não entenderam bem do que se tratava, mas uma coisa eles tinham entendido perfeitamente:

– Faço questão da participação de vocês neste projeto. Vai ser a chance de a gente estar junto novamente – disse Mira, sem aceitar recusa.

– Faço questão da participação de vocês neste projeto – repetiu Mira, desta vez para Mariana e Dida, depois de lhes explicar a parceria que estava nascendo entre as escolas.

Assim como Cristina e Rafa, também Mariana e Dida não tiveram como recusar o convite de Mira, que já sonhava com a possibilidade de estar com seus amigos, os velhos e os novos, em um projeto em que ela acreditava pra valer.

Mira estava na comissão que apresentaria a ideia à direção do Cruzinha e, num ímpeto, acabou convidando Dida para ir com ela ao seu antigo colégio. Ele aceitou imediatamente.

✳✳✳

Capítulo 20
De todas as cores

Parada no ponto, debaixo de um sol quente que a fazia transpirar muito, Mira aguardava o ônibus.

"Que saco! O negócio é esperar...", resmungava a garota para si mesma.

Dois sentimentos bem diferentes ocupavam o seu coração naquela manhã. Por um lado, estava feliz porque o seu primeiro semestre no Strauss tinha terminado e muito bem. Era uma garota pobre e negra estudando no meio de brancos e ricos. Uma dificuldade e tanto que ela, cada vez mais, estava disposta a enfrentar. Se no começo do ano não sabia como lidar com as discriminações que sofria, agora sabia lutar pelo respeito que merecia.

A colega que criticara a sua escolha como representante da turma havia se desculpado. Confessou que os cartazes sobre o respeito às diferenças e o combate a todo tipo de preconceito que Mira escrevera e apresentara na Semana Cultural do Strauss tinham feito que reconhecesse e revisse suas atitudes racistas. E acrescentou que isso tinha acontecido com mais gente do colégio.

Sentia que o seu amadurecimento tinha muito a ver com o professor Ricardo e, principalmente, com a professora Sandra, mulher que a ensinou a ser uma guerreira. Sem falar da sua família, gente de fibra, a quem ela admirava mais e mais.

A ansiedade era o outro sentimento que Mira experimentava naquele momento: tinha combinado se encontrar com Dida para irem juntos ao Cruzinha. Não queria chegar atrasada.

A Cor do Preconceito

O estilo *dreadlook* apresenta tranças, inspiradas no cabelo rastafári, que podem ser feitas com cabelo próprio, lã ou cabelo sintético. Chamadas de **dreads**, essas tranças têm sido usadas atualmente não apenas por negros, mas por pessoas de diversas raças ou etnias.

Colocou o *jeans* com a camiseta que o pai tinha lhe dado e que trazia uma enorme estampa colorida de desenhos típicos de tribos africanas. E, para completar, colocara nas tranças as presilhas amarelas em forma de borboletas, enfeite reservado para as grandes ocasiões. A fiel escudeira Filó estava ali de plantão, só que no zíper de uma bolsinha de *jeans* e não pendurada na mochila, como de costume.

Enquanto aguardava o ônibus, Mira exibia orgulhosa suas tranças e se perdia em seus pensamentos: "Ainda bem que tirei da cabeça aquelas ideias de ter cabelos soltos, lisos, esvoaçantes. Minha cara é outra. Pode até ser que um dia eu resolva amaciar os cabelos, mas com certeza não será isso que vai me fazer mais ou menos feliz".

Ao se aproximar do Strauss, algo chamou sua atenção. Lá estava Dida diante do portão do colégio e com aparência diferente. Mira não escondeu sua surpresa ao olhar para o cabelo dele:

– Dida, aonde você vai com esses **dreads**? Ficou incrível!

– Vou sair com uma garota de tranças cheias de borboletas, oras! É para combinar – confessou ele, meio sem jeito.

Os dois trocaram sorrisos cúmplices e rápidos beijinhos. Depois se apressaram a ir para o Cruzinha.

Dentro do lotação, a expectativa de Mira era grande: qual seria a reação de Dida ao conhecer o prédio simples, malconservado e cheio de pichações onde ela tinha estudado nos últimos anos? E como Cristina, Rafa e o resto do pessoal receberiam Dida? Ela torcia para que todos se dessem bem. Afinal, eram os seus melhores amigos, além de Mariana, que já tinha viajado e só por isso não estaria com eles no Cruzinha. Mira tinha pedido a Cristina e Rafa para que fossem ao Cruzinha naquela manhã. Assim poderiam se ver e já ir combinando o trabalho no projeto.

Dida, por sua vez, observava tudo com curiosidade. Ali, não tão longe do Strauss, descobria uma paisagem muito diferente: casas simples, ruas estreitas, lixo nas calçadas. Disfarçadamente, olhava para Mira sentada ao seu lado. Como ela estava bonita!

Ao descer do lotação, Mira percebeu que o sol fora de época brilhava a toda. Podia sentir o suor escorrer e imaginava que a testa devia estar reluzindo. Passou a mão no rosto, mas não adiantava. Sabia que o brilho

De todas as cores

intenso era coisa da pele. Era tudo uma questão de **melanina**, como explicara o professor de biologia. E, para falar a verdade, já nem se preocupava com isso. E também a brancura do professor Ricardo ou do próprio Dida, ali ao seu lado, já não chamava mais tanto sua atenção. O triste era pensar que essa característica física tivesse ainda tanta importância para certas pessoas.

De tão animada que estava, comentando com Dida o alcance que aquela parceria entre as escolas poderia ter, Mira se distraiu e não viu uma moto que se aproximava em alta velocidade na contramão. Assustado, Dida pegou na mão dela e a deteve. Mira sentiu o coração disparar. Não sabia se o motivo fora o susto com a moto ou com aquela mão delicada, tocando de leve a sua, e depois segurando-a com mais firmeza.

Mesmo com farol aberto para eles, olharam para os dois lados antes de atravessar a rua. Queriam ter a certeza de que mais nenhum motorista irresponsável trafegava por ali. Seus olhares se cruzaram e um sorriso meio sem jeito tomou conta dos dois. Suas mãos continuavam juntas, quase grudadas.

Em frente ao Cruzinha, Dida parou de repente. Voltou-se para Mira e lhe disse mansamente, enquanto sua mão livre brincava com as tranças dela:

— Eu queria lhe dizer, Mira, que você é muito importante pra mim. Não tenho muito jeito para falar dessas coisas. Timidez, sei lá. Acho que o que sinto por você às vezes me faz ficar com cara de bobo... Bom, eu queria lhe dar uma coisa...

— O que é? — murmurou ela, com a voz meio trêmula.

— É uma coisa que escrevi, mas não queria que você lesse aqui. Abre só em casa, tá? Vou ficar mais sem graça ainda se você ler isso na minha frente.

Apesar da curiosidade, Mira guardou com carinho na bolsa o envelope fechado que Dida lhe entregou.

Num relance, seus olhares se cruzaram novamente e quando se deram conta suas bocas se tocaram. Um momento mágico que durou uma eternidade, interrompida por alguém limpando estrondosamente a garganta:

— Crianças, desculpem-me apressá-los, mas temos uma reunião à nossa espera.

Todos nós temos na pele o pigmento chamado **melanina**. Quando em grande quantidade, a pele adquire tonalidade marrom ou preta; em quantidade média, amarelo-escuro ou claro; quando há pouca melanina, a cor da pele é branco-rosada. Por produzir mais melanina, a pele negra é mais resistente ao sol, mas também mais sujeita à incidência de manchas. Por esse motivo, o uso diário de filtro solar é indispensável também aos negros, ao contrário do que muitos imaginam.

A Cor do Preconceito

Era o professor Ricardo, que chegava esbaforido como sempre, carregado de pastas e livros.

Naquela tarde, ao voltar para casa depois de um dia de reencontros com amigos queridos e, principalmente, de revelações surpreendentes, Mira resistia à tentação de abrir aquele envelope com seu nome escrito em letras desenhadas.

De repente pensou naquela palavra – mira –, que de simples apelido criado por Marcos quando mal sabia falar tinha se transformado em seu nome de fato. Ela só se lembrava de que se chamava Miriam na hora de assinar o nome ou, então, preencher algum formulário. Era Mira. Sinônimo de objetivo, meta, determinação. E como aquelas palavras combinavam bem com ela naquele momento! Nunca se sentira tão determinada a cumprir o objetivo estabelecido: estudar, se formar, ser uma profissional competente e, principalmente, uma pessoa feliz, orgulhosa de sua origem e respeitada por todos. Negros, brancos, mestiços. Pessoas de todas as cores.

Era assim que ela acreditava que o mundo devia ser: pessoas diferentes se respeitando, vivendo em harmonia e trocando experiências. Quem disse que cor tinha de rimar com dor? O caminho era longo até esse dia chegar, mas, como dizia a professora Sandra, se não começarmos a caminhada, aí é que não vamos chegar mesmo ao nosso destino.

Já em casa, Mira entrou apressada no quarto e trancou a porta para evitar que a possível chegada de alguém quebrasse o encanto daquele momento. Com os olhos brilhando e o coração batendo mais forte, abriu, finalmente, o envelope que Dida lhe entregara e leu a mensagem que ficaria para sempre colada em seu diário:

> Mira a mira na marra
> Se preciso dá murro,
> Escala o muro
> Mas não mude de rumo
> Nem de rima
> Seu nome é Mira,
> Precioso como mirra.
> Você me inspira!
> Em meio a miras e muros,
> Murros e marras,
> Percebi, quase sem querer,
> Que me amarro em você!

A FALSA IDEIA DA DEMOCRACIA RACIAL

MANIFESTAÇÃO EM FAVOR DA SEGREGAÇÃO RACIAL NOS ESTADOS UNIDOS, PAÍS QUE NÃO ADERIU À MESTIÇAGEM.

Em diferentes regiões da América, **índios e negros** foram escravizados e forçados a trabalhar para os colonizadores brancos. Assim, associou-se a escravidão aos que eram considerados "inferiores", diferentes em suas características físicas e em seus costumes. Na América espanhola, por exemplo, predominou o trabalho compulsório indígena. Durante a expansão da civilização espanhola na América, destacou-se o papel das mulheres brancas, pois, ao serem proibidos os casamentos interétnicos, asseguraram-se privilégios aos descendentes de brancos europeus. A mestiçagem foi, portanto, bem menos tolerada do que na América portuguesa, onde a ausência de mulheres brancas propiciou relacionamentos dos brancos com índias e negras, criando uma **sociedade mestiça**.

No sul das colônias inglesas da América do Norte, desenvolveu-se uma economia baseada no trabalho escravo africano e na segregação dos negros. Assim, a mestiçagem praticamente não ocorreu: nos EUA só o branco "cor de leite" é considerado branco, desde que não tenha nenhum antepassado negro. Portanto, existe um racismo de sangue. Isolados, os afrodescendentes norte-americanos conservaram sua identidade e organizaram-se para lutar por seus direitos.

No Brasil, a Abolição da escravatura não foi acompanhada de medidas de integração social. O escritor Lima Barreto foi, talvez, um dos maiores críticos – e também vítima – do preconceito e da discriminação pós-abolição. Ele anotou em seu diário:

"Fui a bordo ver a esquadra partir. Multidão. Contato pleno com meninas

NO BRASIL, MILITANTES EM LUTA CONTRA O PRECONCEITO RACIAL.

aristocráticas. Na prancha, ao embarcar, a ninguém pediram convite; mas a mim pediram. Aborreci-me. É triste não ser branco."

Como por aqui a mestiçagem foi comum desde o início da colonização, criou-se a falsa ideia de uma **democracia racial**, mito que serviu para esconder os mecanismos de exclusão existentes em nossa sociedade e para reduzir a força de luta dos negros por seus direitos. Por causa dessa noção, acreditava-se que não havia racismo no Brasil em comparação com outros países, onde comportamentos violentos e a segregação se desenvolveram. Nada mais enganoso. Como vimos, basta observar as pesquisas para perceber que as diferenças entre brancos e negros são evidentes – empregos, salários, escolaridade.

Segundo relatório sobre **Desenvolvimento Humano**, divulgado pela ONU em 2005, uma série de indicadores sociais e econômicos demonstra que os negros estão em situação desfavorável no Brasil. A desigualdade se faz sentir em setores como saúde, educação e distribuição de renda, reunidos num quadro que não tem mudado nas últimas décadas. Tais desigualdades são suficientes para demonstrar que a democracia racial não passa mesmo de um mito em nossa sociedade. Daí a necessidade de se aplicar programas de **ações afirmativas**, como o sistema de cotas, a fim de que sejam corrigidos – ou pelo menos diminuídos – os danos causados pelo racismo no Brasil.

MULHERES NEGRAS

NO BRASIL AINDA É COMUM ENCONTRARMOS MULHERES NEGRAS OCUPANDO POSIÇÃO DE MENOR DESTAQUE NO MERCADO DE TRABALHO.

No início do século XX, eram poucas as oportunidades de as mulheres trabalharem fora de casa. Como professoras ou enfermeiras, dedicavam-se a atividades que eram quase uma extensão de seu lar. A partir da década de 1960, com os **movimentos feministas**, a situação da mulher mudou em todo o mundo; no entanto, para as mulheres negras, tudo continua mais difícil, pois contam com um duplo preconceito: ser mulher em uma sociedade machista e ser negra em uma sociedade racista.

Em geral, a **mulher negra** ainda não ocupa profissões de destaque ou antes restritas aos homens, como acontece com as mulheres brancas. Hoje, ainda é comum encontrarmos a mulher negra cuidando da casa e dos filhos de outras mulheres, ou desempenhando trabalhos braçais, como faxineira e empregada doméstica. É claro que muitas alcançaram o diploma universitário, mas nem sempre conseguem exercer a profissão para a qual se prepararam.

As mulheres negras representam quase metade da população feminina no Brasil, mas os indicadores do mercado de trabalho ainda são bastante desanimadores em pleno século XXI:

"As pretas e pardas estão irremediavelmente nas piores posições no mercado de trabalho, têm as mais altas taxas de desemprego, ganham os menores salários e chefiam as famílias mais pobres. Segundo levantamento do Instituto e Estudos do Trabalho e Sociedade, em 2002, o desemprego entre as negras era de 13,2%, contra 10,2% das brancas. Entre os homens: 8,3% (negros) e 6,5% (brancos).

"Quase sempre, quando começam (e passam) a vida trabalhando como empregadas domésticas ou babás. É um ranço da cultura escravocrata que alcançou o Brasil do século XXI. Segundo o IBGE, 13,7% das pretas que trabalham são domésticas, contra 9,1% das pardas e 6,3% das brancas." (A cor do Brasil, caderno especial de O Globo, 20/11/2003)

A ausência de discussão em relação à **discriminação do gênero**, e não apenas racial, levou as mulheres negras a se organizar dentro de um movimento de luta, representado principalmente por **organizações não novernamentais**, nos quais atuam em várias frentes: denúncia contra o racismo, direitos humanos, educação e assistência jurídica e psicológica, dentre outras.

O NEGRO NA ESCOLA

Na década de 1990, o Programa das Nações Unidas para o Desenvolvimento (PNUD) passou a utilizar nova metodologia para medir o grau de desenvolvimento dos países e compará-los: o **Índice de Desenvolvimento Humano (IDH)**.

Para compor o IDH são considerados o PIB *per capita* (indicador econômico), a taxa de alfabetização de adultos e de matrículas nas escolas (indicadores educacionais) e a expectativa de vida ao nascer (indicador de saúde – longevidade).

Anteriormente, o indicador utilizado para medir o desenvolvimento de uma cidade, região ou país era o **PIB (Produto Interno Bruto)** *per capita*. O PIB, porém, encontrava limitações, pois refletia simplesmente o aspecto econômico e não todos os fatores que ampliam as oportunidades de escolha das pessoas.

A partir dos dados do censo do IBGE de 2000, o PNUD apontou que o Brasil ocupa a 79ª posição no IDH, sendo considerado um país de desenvolvimento humano mediano. Quando esses dados são desagregados por raça, o **"Brasil branco"** ocupa a 44ª posição, de alto desenvolvimento, e o **"Brasil negro"**, a 105ª posição, de desenvolvimento mediano.

Diversos estudos vêm mostrando que a escola é o espaço social onde as crianças negras vivenciam o racismo e a discriminação racial. Esse tipo de experiência ocorre em todos níveis educacionais, desde a pré-escola.

Outro problema é o **silêncio de professores** e demais profissionais em relação aos conflitos raciais que ocorrem no âmbito escolar. A falta de atenção a esses problemas enfrentados pelos **alunos negros** é um dos aspectos responsáveis por seu desempenho diferenciado, com índices maiores de repetência e evasão escolar.

Brasil: escolaridade média
(anos de estudo da população adulta)

Brancos 6,6 anos
Pardos 4,4 anos
Pretos 4,2 anos

APARTHEID

NELSON MANDELA.

Na África do Sul, em 1948, oficializou-se a política racista e discriminatória da minoria branca sobre os negros sob o nome de *apartheid* ("estado de separação", em africâner). Os negros eram obrigados a viver em lugares separados e proibidos de ter acesso à propriedade da terra.

Em 1962, **Nelson Mandela**, um dos líderes mais expressivos do Congresso Nacional Africano, foi preso e condenado à prisão perpétua por mobilizar a população negra em defesa dos direitos civis e políticos. Tornou-se símbolo internacional da luta contra o racismo e por direitos aos negros sul-africanos.

Na década de 1990, diante de manifestações internas contra a política de segregação racial, o governo foi levado a libertar Mandela, legalizar o CNA e fazer reformas para acabar com o *apartheid*. Em 1993, Nelson Mandela foi ganhador do **Prêmio Nobel da Paz**, junto com o então presidente sul-africano Frederik de Klerk. No ano seguinte, nas primeiras eleições multirraciais do país, Mandela tornou-se o primeiro presidente negro da África do Sul.

VOCÊ JÁ FOI ALVO DE RACISMO?

Em entrevista à revista *Raça*, o ator Lázaro Ramos fala sobre o racismo:

RAÇA – **Você já foi alvo de racismo?**
LÁZARO – Várias vezes em Salvador, por policiais que sempre têm uma abordagem diferente para o cidadão negro. Para mim isso é racismo, quando você está ali para proteger a sociedade e trata o cidadão branco diferente do negro. Já fui muito maltratado.

RAÇA – **Maltratado como?**
LÁZARO – A polícia para um ônibus e, na hora da revista, só exige que desçam os negões. Mas o Bando de Teatro do Olodum me deu uma consciência e me ensinou a lidar com isso. Uma noite, ao tirar dinheiro em um caixa 24 horas, em Salvador, fui abordado por policiais que perguntavam o que eu estava fazendo ali. Com o argumento na ponta da língua, revidei: "Por que você está me perguntando isso? Vim tirar o meu dinheiro no meu banco. Por que você me parou?" Sem graça, o policial respondeu. "Sei lá, você é um tipo suspeito, de boné". Resultado: fiquei um tempão conversando com o cara e ele acabou me pedindo desculpas. Infelizmente a gente precisa ser treinado para lidar com o racismo. Primeiro tem que estar com a autoestima lá em cima, porque do contrário você se sente menosprezado, e depois tem de ter argumento, né?

(*Revista Raça*, Edição 85, abr./2005)

LÁZARO RAMOS, ATOR.

VESTUÁRIO AFRICANO

A maioria dos africanos tinha como peça básica do vestuário a **tanga**, confeccionada com peles curtidas, cascas de árvores batidas ou panos de fibras vegetais, bem tecidos e às vezes coloridos. Devido ao clima quente, a roupa era pouco necessária. Servia para **distinguir o grupo social** ou **tribal**, mas não para proteger o corpo das intempéries.

Nos grupos islamizados, a roupa seguia os ditames da religião muçulmana. Por isso, a aparência dos fula aproximava-se da dos árabes. Os homens usavam turbante e andavam descalços. Tinham como peça básica o **alqueci**, um manto branco com bordas vermelhas.

A roupa era geralmente de algodão fiado e tecido pelas mulheres.

Entre os bantos, usava-se pouquíssima roupa, e quase sempre com um significado religioso. A principal peça do vestuário consistia no **cordão de couro** ou **cipó**, atado à cintura para afastar os maus espíritos, usado desde o nascimento. Esse cordão servia também para segurar a tanga de tecido ou de couro vestida por homens e mulheres. Era, às vezes, enfeitado com contas coloridas. Outro traço religioso do vestuário era o uso de **amuletos protetores**.

Atualmente, ainda há na África nações que mantêm um vestuário carregado de significações étnicas e culturais.

GAROTA SUL-AFRICANA DE ETNIA XHOSA.

ALMA NÃO TEM COR

"Alma não tem cor
Porque eu sou branco
Alma não tem cor
Porque eu sou negro
Branquinho, neguinho
Branco, negon
Alma não tem cor
Porque eu sou branco
Alma não tem cor
Porque eu sou Jorge Mautner
Percebam que a alma não tem cor
Ela é colorida
Ela é multicolor
Azul, amarelo, verde, verdinho, marrom
Cê conhece tudo, cê conhece o reggae
Cê conhece tudo né, cê só não se conhece"

("Alma não tem cor", música de Karnak, no disco *Karnak*, 1995. Letra de André Abujamra)

CRIME CONTRA A HUMANIDADE

Em 2001 foi realizada em Durban, na África do Sul, a **III Conferência Mundial contra o Racismo, a Discriminação, a Xenofobia e a Intolerância**, com a participação de 173 países. A Conferência de Durban confirmou a disposição dos estados-membros das Nações Unidas no combate ao racismo e à discriminação racial, étnica e religiosa, reconhecendo que constituem graves violações de todos os direitos humanos e obstáculos ao pleno gozo desses direitos. Também criticou a **xenofobia**, ou seja, a aversão a pessoas e culturas estrangeiras.

Ao discutir o século XXI, os participantes também se referiram a uma das maiores tragédias do passado: o tráfico de escravos africanos entre os séculos XVI e XIX.

O texto final da Conferência reconheceu que a escravidão africana e o tráfico negreiro estão entre os fatores do racismo e da discriminação no presente, que causaram extremo sofrimento aos povos escravizados e que contribuíram para a pobreza e o subdesenvolvimento atuais na África. Escravidão e tráfico foram considerados **crimes contra a humanidade**.

O Brasil é um dos estados-membros das Nações Unidas e participou da assinatura de todos esses documentos internacionais. Apesar da existência das mais variadas penalidades, as desigualdades raciais, principalmente no tocante ao negro e a seus descendentes, persistem na sociedade brasileira.

O desenvolvimento de estratégias que combatam o racismo e que corrijam e eliminem as desigualdades raciais que ele gera é uma condição essencial para a consolidação da **democracia**, da **igualdade** e a realização da **justiça social** no Brasil.

DISCRIMINAÇÃO E INTOLERÂNCIA: CRIMES CONTRA A HUMANIDADE.

ÍNDICE REMISSIVO

Aspectos socioeconômicos
  desemprego, 73
  expectativa de vida, 99
  mortalidade infantil, 99
  sindicalismo, 17
  trabalho infantil, 74, 99
  trabalho informal, 80

Classe social
  burguesinhos, 23
  elite, 83
  moradores da periferia, 15

Continente africano
  conferência de Berlim, 97
  diversidade étnica e cultural, 30
  islamismo, 32
  novo colonialismo, 97
  reinos e impérios, 31

Cultura afro-brasileira
  afrodescendentes, 89
  movimento *hip-hop*, 51, 65
  tradições africanas, 66
  vestuário africano, 132

Datas comemorativas
  1º de maio, 85
  13 de maio, 85, 98
  20 de novembro, 88, 98

Discriminação
  ações afirmativas, 129
  crime inafiançável, 33
  de gênero, 130
  elevador social/de serviço, 26
  justiça social, 133
  xenofobia, 133

Educação
  bolsa de estudos, 15
  brancos e negros, 131
  cotas, 89
  ensino de história da África, 118
  escola pública, 34
  leitura e analfabetismo, 34

Escravismo
  abolicionismo, 96
  mãe preta, 101
  senzalas, 96
  tráfico negreiro, 63

Esportes
  futebol, 49
  tênis, 50

Identidade
  autoestima, 111
  cabelo moicano, 119
  cabelo rastafári, 77
  cor da pele, 125
  dreads, 124
  diversidade, 77
  estilo afro, 8
  raízes africanas, 35

Literatura brasileira
  Andrade, Mário de, 39
  Assis, Machado de, 38
  Barreto, Lima, 39, 87
  Bopp, Raul, 101
  Cruz e Sousa, 109
  Gama, Luís, 8

Música
  "Alma não tem cor", 133
  "Beleza Pura", 34
  "Lavagem Cerebral", 101
  Marley, Bob, 78
  Melodia, Luiz, 120
  MPB, 50
  Rap, 51, 65
  reggae, 78
  rock, 50
  "Voz Ativa", 65

Personalidades
  Gonzaga, Chiquinha, 67
  Grande Otelo, 68
  Mahim, Luiza, 8
  Mandela, Nelson, 131
  Mestre Didi, 68
  Pixinguinha, 66
  Prazeres, Heitor dos, 67
  Rebouças, André, 66
  Santos, Milton, 68
  Zumbi dos Palmares, 88

População brasileira
  afrodescendentes, 33
  categorias do IBGE, 33
  formação da sociedade, 64
  imigrantes japoneses, 57
  mito da democracia racial, 129
  mulheres negras, 130

Racismo
  atitude, 132
  categoria sociológica, 65
  crime contra a humanidade, 133
  demagogia, 81
  holocausto, 106
  ideias racistas, 97
  neonazismo, 107
  racismo na linguagem, 22, 26, 35, 43, 55
  racismo na mídia, 100
  racista, 10
  violência, 87

Religiosidade
  Iansã, 53
  Iemanjá, 20
  São Judas, 53
  sincretismo, 69
  umbanda e candomblé, 69

Resistência negra
  Apartheid, 131
  movimento Negro, 98
  movimento Feminista, 130
  Quilombo dos Palmares, 98

Para saber mais

Instituições de combate ao racismo

Centro de Estudos das Relações do Trabalho e Desigualdades (Ceert) www.ceert.org.br

Criola www.criola.org.br

Geledés – Instituto da Mulher Negra www.geledes.org.br

Instituto Sindical Interamericano pela Igualdade Racial – Inspir www.inspir.org.br

Secretaria Especial de Políticas de Promoção da Igualdade Racial – Seppir www.seppir.gov.br

Fundações e organizações culturais e educacionais

A Cor da Cultura www.acordacultura.org.br

Associação Cultural Cachuera www.cachuera.org.br

Centro de Cultura Negra do Maranhão http://ccnma.org.br

Fundação Cultural Palmares www.palmares.gov.br

Grupo Cultural AfroReggae (Gcar) www.afroreggae.org

Instituto Cultural Beneficente Steve Biko www.stevebiko.org.br

Instituto Nzinga de Capoeira Angola www.nzinga.org.br

Créditos das imagens

Legenda
a – no alto
b – abaixo
c – no centro
d – à direita
e – à esquerda

8: Biblioteca Nacional/RJ
9: Maria Taglienti/Getty Images
12: Sarah Leen/Getty Images
15: Antônio Gaudério/Folha Imagem
18: Alan Marques/Folha Imagem
20: Jacek/Kino.com.br
26: "O Brasil de Rugendas", 1998
30: http://stagepoesie.free.fr
31: Coleção W.D. Webster. Museu Etnológico de Berlim
32: Panapress/Getty Images
33: AP
34: Gavin Hellier/Getty Images
35bc: Erin Patrice O'Brien/Getty Images
35d: Kaz Chiba/Getty Images
38: Pacheco/Casa Imperial
39a: Iconographia
39b: Arquivo Mário de Andrade
49: Pisco del Gaiso/Editora Abril
51: Patrícia Santos/Folha Imagem
53a: Gil Abelha
53b: Domingues/Editora Abril
60: www.jenskleemann.de
62: Coleção particular/Ermakoff, George
63a: Universidade da Virgínia, EUA
63bd: The British Library, Londres
64: Instituto de Estudos Brasileiros - USP
65: Gal Oppido/Editora Abril
66: Chico Nelson/Editora Abril
67a: Coleção particular/Museu Histórico Nacional
67bd: Reprodução
68ae: Claudio Rossi/Editora Abril
68ad: Luciana Whitaker/Folha Imagem
68bd: Coleção particular/Museu Histórico Nacional
69a: Lalo de Almeida/Editora Abril
69b: Coleção particular/ Museu Histórico Nacional
75: Patrícia Santos/Folha Imagem
78: Juca Martins/Olhar Imagem
79: Divulgação
81: Rubens Chaves
96: Biblioteca Guida e José Mindlin, São Paulo
97a: Galen Rowell/Corbis
97bd: Coleção de Amélia de Castro Alves Cunha
98: Governo do Estado do Rio de Janeiro
100: Ricardo Chvaicer
101a: Fundação Joaquim Nabuco, Recife
101bd: Kelley Meyers/Getty Images
106: Bettmann/Corbis
109a: Museu Histórico Nacional
109b: Coleção particular/Museu Histórico Nacional
116: Reprodução
119: Adi Leite/Folha Imagem
124: Hans Neleman/Getty Images
128: William Campbell/ Sygma/Corbis
129: André Sarmento/Folha Imagem
130: Michael S. Lewis/Corbis
131: Gianluigi Guercia/AFP/Getty Images
132a: Greg Salibian/Folha Imagem
132b: Gabriela Romeu/Folha Imagem
133ae: João Wainer/Folha Imagem
133d: Niels Andreas/Folha Imagem

Quem são as autoras

Carmen Lucia Campos

Carmen é uma paulistana que sempre viveu entre livros. Primeiro, como leitora voraz de histórias sobre relacionamentos humanos, tema que sempre a fascinou, e aventuras ambientadas em terras distantes, paisagens que despertaram seu incurável desejo de viajar. Depois os livros continuaram a lhe fazer companhia no curso de Letras e no trabalho como editora. Até que um dia resolveu encarar o desafio de escrever as histórias que observava, ouvia ou simplesmente inventava. E assim, misturando ficção e realidade, começou a escrever para crianças e jovens. Pelo jeito não pretende separar-se dos livros tão cedo. Hoje, além de escritora e editora, é também disseminadora desse vício chamado "leitura" nas oficinas para jovens e nos cursos para adultos que realiza.

A cor do preconceito nasceu de lembranças, imaginações e reflexões, mas, principalmente, de seu sonho de que um dia o mundo tenha uma só cor: a do respeito pela diversidade.

Sueli Carneiro

Sueli é filósofa, vice-presidente do Fundo Brasil de Direitos Humanos, membro da Articulação Nacional de ONGs de Mulheres Negras e coordenadora do Programa de Direitos Humanos do Geledés - Instituto da Mulher Negra, uma organização não governamental criada há 18 anos com o objetivo de combater a discriminação racial e de gênero na sociedade brasileira. A ela coube aportar para o livro conteúdos dos temas que a ficção levanta acerca da resistência negra durante a escravidão; dados sobre as desigualdades raciais produzidas pelo racismo e a discriminação, sobre a contribuição dos negros na formação da sociedade brasileira; informações sobre as personalidades negras que contribuíram nas ciências, na literatura, nas artes plásticas etc.

Vera Vilhena

Vera é mestra em História pela Universidade de São Paulo e foi, durante muitos anos, professora da rede particular e pública de ensino. Nascida na cidade de Campanha (MG), foi lá que, desde a infância, conviveu em ambiente acadêmico e teve seu interesse despertado pelo ofício do pai, o também historiador Eduardo Vilhena de Moraes.

Autora de mais de 18 livros, entre publicações nacionais e estrangeiras, Vera trouxe uma rica contribuição para o livro *A cor do preconceito* ao aproximar o leitor da história do continente africano e do reconhecimento dos negros na construção e desenvolvimento da sociedade brasileira. Além disso, sua participação foi fundamental no aprofundamento de uma vasta gama de assuntos imprescindíveis ao currículo escolar atual.